Diario di un soldato tedesco

Un romanzo sulla Seconda Guerra Mondiale

RICHARD G. HOLE

Diario di un soldato tedesco

Un romanzo sulla Seconda Guerra Mondiale

Richard G. Hole

Seconda Guerra Mondiale

SOMMARIO

Questa offensiva che stiamo per iniziare può, forse, attenuare l'armatura soffocante che ci circonda. Dio non voglia.

Altrimenti il nostro Bel Paese, il Paese più bello del mondo e fino a poco tempo fa, ahimè, il più forte, conoscerà lo stivale dell'invasore.

Dai tempi di Napoleone non ci siamo mai stati così vicini, né credo lo saremo mai nei secoli futuri, perché questa guerra dovrà essere l'ultima delle guerre.

Questo, almeno, è quello che dicono gli alleati, anche se ci credono?

Diario di un soldato tedesco è una storia appartenente alla raccolta della Seconda Guerra Mondiale, una serie di romanzi di guerra sviluppati durante la Seconda Guerra Mondiale

DIARIO DI UN SOLDATO TEDESCO

PRIMA PARTE

6 dicembre.

Siamo in questo posto da sette giorni ormai. Sette giorni di inattività sembrano tanti se si pensa a tutto quello che abbiamo fatto finora, ma alle truppe ea noi sono sembrati molto brevi. Ci siamo riposati.

Ho scritto riposiamo. Avrebbe dovuto dire che ci prepariamo, perché è quello che stiamo facendo: prepararci all'assalto. Chi pensava che la Germania fosse già sconfitta, sanguinante, e ora vedesse arrivare in questa regione dell'Eifel i treni carichi di truppe e di materiale (ho contato fino a cento giornali), potrebbe pensare che si sbagliasse, che il paese conserva ancora la sua forza.

Ma non prendiamoci in giro. Queste truppe sono le ultime braci del fuoco. Per la prima volta dal 1918 i nemici sono vicini ai nostri confini. Qui davanti a noi. Sono vicini al nostro Paese, ci circondano. Hanno già raggiunto il Saarland e minacciano Colonia. I russi si stanno avvicinando a Budapest con marce forzate... gli inglesi sono tornati in Grecia... Dio, quanto odio dover scrivere tutto questo. La penna si rifiuta di farlo.

D'altra parte, questa offensiva che stiamo per iniziare può, forse, attenuare l'armatura soffocante che ci circonda. Dio non voglia. Altrimenti il nostro Bel Paese, il Paese più bello del mondo e fino a poco tempo fa, ahimè, il più forte, conoscerà lo stivale dell'invasore. Dai tempi di Napoleone non ci siamo mai stati così vicini, né credo lo saremo mai nei secoli futuri, perché questa guerra dovrà essere l'ultima delle guerre.

Questo, almeno, è quello che dicono gli alleati, anche se ci credono?

Ma io non sono uno scrittore o uno storico. Sono semplicemente un soldato. Pertanto, questo è il diario di un soldato. Un diario che scrivo per me perché altrimenti impazzirei. Niente più retorica: fatti concreti. Lascio ad altri il compito di trascrivere fedelmente le cause della guerra, le ragioni delle nostre sconfitte.

I fatti?

Io, Ulrich Tagger, maggiore della seconda divisione della quinta armata panzer tedesca, sono nelle vicinanze di Pronsfield, con la mia divisione, con il mio esercito. Ecco le nostre fedeli «Pantere», le nostre fedeli «Tigri», oliate, pulite, rifornite di munizioni e olio "oh, olio, quanto sei caro e quanto poco ti vediamo adesso, da quando abbiamo perso quegli splendidi campi romeni". Sì, siamo pronti. Così che?

Proprio ieri parlavo con un "aiutante" di Von Manteuffel, comandante della Quinta Armata Panzer.

"Tagger" mi dice ". Non riescono ancora ad essere d'accordo.

«In nome di... Haller, cosa c'è che non va in te?

"Questo, non possono essere d'accordo. Il Führer ha detto una cosa, Von Rundstedt ne dice un'altra, Model ne dice un'altra e io dico che se non ci sbrighiamo non ce la faremo.

«Fare cosa, Haller?

Haller, alto, magro come un vimini, con una bella testa prussiana e capelli scuri, si guarda intorno.

"Non c'è quel mostro di Hagen in giro?

"No, no" rispondo con impazienza "Come devi chiamare Hagen per ora?

"Non vorrei che sentissi quello che sto per dire" Hagen "dico un po' rigidamente", è uno dei miei migliori ufficiali. O meglio: il migliore dei miei boss dei carri armati.

«Lo so, lo so, e sarei l'ultimo a negare i suoi meriti; ma l'ultima volta che mi venne in mente di parlare davanti a lui di una conversazione che avevo sentito dal generale, la ripeté in una taverna davanti a un gruppo di ufficiali, aggiungendo alcuni commenti di sua creazione.

Cerco di non sorridere. Ricordo il caso: Hagen ha detto che se uno stormo di scimmie vuole mangiare la stessa nocciolina, una di loro la prenderà, e questa sarà probabilmente la più forte, non la più intelligente.

"Lascia perdere Hagen," dico. "Ora non è qui, ma in paese, probabilmente.

"Fare l'amore con alcuni...

«Be', il punto è che non è qui. Cosa mi avresti detto?

"Tagger, ci sono due opinioni diverse su cosa dovremmo fare. Uno, quello del Führer, un altro quello di Rundstedt. Il Führer vuole buttare subito in mare americani e inglesi. Proprio adesso. Già. Rundstedt e Model preferiscono una serie di fiocchi al Nord, che potrebbero disfare quella punta di diamante con cui gli americani minacciano Colonia. Potrebbe essere fatto senza perdere molte persone.

"Se dico ". Ho guardato la mappa molte volte e, anche se non sono un ufficiale di stato maggiore, so cosa intendi. Per lanciare in mare gli americani e gli inglesi bisogna attaccare da lì, verso Anversa.

"Esatto. Gli alleati non hanno ancora commissionato il porto di Anversa. Se riusciamo ad arrivarci, gli avremo servito un osso che probabilmente non potranno rosicchiare. Il piano del Führer non è male; ma avremo abbastanza forza per portarlo a termine? Rundstedt e Model non credono. E questa è la situazione. Alla fine vedrai come, comunque, questo è il piano che verrà attuato, per attaccare verso Anversa.

"Sì" rispondo. "La scimmia più forte avrà mangiato l'arachide.

"Non ripetere frasi del genere. E se stai cercando di dire che il Führer non è il più intelligente...

Questa è la situazione. Ma la sua determinazione dipende da spalle più forti e più capaci delle mie. Sia che attacchiamo verso Anversa, spaccando le Ardenne e la pianura belga, sia che ci dedichiamo ad ospitare gli inglesi e gli americani al Nord, il mio compito sarà lo stesso: infilarmi nella mia «Tigre», mettermi il casco e guida la macchina cercando di distruggere quanti più "Centurioni" inglesi possibile senza distruggere me.

E questo sarà quello che farò: adempiere al mio obbligo. Sono un soldato.

7 dicembre.

Haller aveva ragione. Hagen è una progenie, una forza della natura, un toro sacro, il grande genitale! Non bastano le preoccupazioni insite in una guerra in cui la Germania rischia tutto, la sua stessa esistenza, ma piuttosto che deve cercare complicazioni accessorie?

Dieter Hagen è il mio miglior capitano. E sicuramente il miglior capitano della divisione, e probabilmente il miglior capitano di carri armati della Quinta Armata. Questo non è negato da nessuno. Ciò è detto dagli altri a voce bassa, e da lui stesso a voce molto alta. Su questo, poi, siamo tutti d'accordo.

Ma in altre cose...

In altre cose è un vero diavolo, imponderabile come un tifone nel Pacifico.

Con le donne, ovviamente. E, in molti casi, con gli uomini.

Se la vita fosse fatta solo di battaglie, Hagen avrebbe combattuto, avrebbe ricevuto ogni mattina una Croce di Ferro con foglie di quercia e tutti sarebbero stati felici di avere un eroe al suo fianco.

Ma capita che anche in guerra ci siano momenti di pace, di tranquillità, mentre si prepara il prossimo attacco o si organizza la prossima ritirata. Ed è in quei momenti che Hagen sporge l'orecchio peloso del satiro.

E come appare!

Non ho intenzione di dire che tutte le gonne gli vadano bene. No, per niente; sarebbe insultarlo, ferirlo gravemente. Non; quello che succede è che riesce a trovare la "gonna migliore" ovunque vada. Sarà inutile che quella donna venga seppellita in fondo a una cantina, appollaiata sulla cima dell'albero più frondoso. Hagen la scoprirà, farà l'amore con lei e la sedurrà con la stessa certezza con cui il sole sorge ogni giorno a est e tramonta a ovest.

Abbiamo combattuto insieme in Italia, in Francia e ora qui, nel nostro Paese. Ovunque ha fatto lo stesso. E so che l'ha già fatto in

Grecia, in Nord Africa. Se ora è solo capitano e non colonnello a trent'anni e dopo cinque anni di guerra, è dovuto a due cause: la prima, la sua vecchia abitudine di parlare male dei superiori e del comando. Il secondo, alle donne. Senza queste due sfaccettature del suo carattere, è quasi certo che adesso sarebbe lui a darmi ordini invece di riceverli da me.

Mi piacciono le donne, ovviamente, perché sono un uomo giovane, sano e normale. Ma da lì per trovare motivi di seduzione sia in una ragazza libica con il colore della noce moscata, come in una matrona italiana con i capelli color mogano, in una parigina stilizzata con i capelli color zafferano o in una belga con gli occhi di porcellana..., ce n'è davvero tanto di distanza.

Bene, quella distanza è coperta da Hagen, se necessario, in due salti. Se l'avessero assegnato alla Russia, dalla quale è stato liberato più volte con il filo di un rasoio, il censimento dei bambini in quel paese maledetto sarebbe aumentato di un buon numero di unità.

Ma la sua ultima impresa ha spinto i limiti. Sì, li ha superati perché questa non è la Grecia, né la Libia, nemmeno la Francia o l'Italia, questa è la Germania, il Vaterland.

Qui si applicano ancora le buone leggi tedesche. Perché diavolo quell'uomo non può stare fermo e lasciare in pace i suoi ormoni?

Lo racconterò. In fondo, e dopo aver avuto l'incontro quotidiano con il comandante di brigata, dopo l'ispezione di routine delle macchine, dopo aver verificato che gli uomini non hanno perso un solo pezzo di disciplina, non ho quasi niente da fare.

"Sì, lo racconto.

Oberst Pieck è il primo a farmi saltare in aria. È il capo del reggimento e il suo petto è sovraffollato di medaglie.

"Tagger" mi ha detto. Hai sentito dell'ultima impresa del tuo capitano?

"Non è" il mio "capitano, colonnello", risposi rispettosamente. È "uno" dei capitani del Reggimento.

"Oberst" Pieck, che ha appena due anni più di me, ha assunto la faccia di "non fatemi distinzioni e attenetevi ai fatti nudi".

"Non voglio scoprirlo fino a quando la denuncia non sarà ufficialmente presentata: ma Hagen ha fatto qualcosa che può portare direttamente a un tribunale militare. Il che ci porterebbe sicuramente, a meno che la situazione non sia sufficiente a privarci di un capitano.

"Da uno dei migliori capitani" rispondo, sempre con lo stesso rispetto.

"Va tutto bene. Da uno dei migliori capitani, se vuoi; ma allo stesso tempo uno degli elementi più irritabili, compromettenti e corrosivi che possono verificarsi nell'esercito tedesco.

Aspetto che ti venga spiegato, se vuoi. Non vuole, a quanto pare.

"Aspetta, se non l'hai ancora scoperto, e vedrai se troverai una delle tue solite scuse per lui allora.

Sto molto attento a non dirgli che altre volte ha trovato lui stesso delle scuse. Come, per esempio, quando a Reims, Hagen lo ha tirato fuori da un'auto in fiamme, con un rischio quasi assoluto per la sua stessa vita, e lo ha portato in braccio per un'ora finché non ha ritrovato le nostre linee.

E con lui in braccio, poiché Pieck era svenuto, ha combattuto un duello con i resistenti francesi a colpi di pistola.

No, queste cose non si possono dire a un colonnello. Lascia che li ricordi.

Fu Gefreiter Behme a spiegarmelo mezz'ora dopo. Il caporale è di solito Sancho Panza di Hagen. Lo segue ovunque, gli dà consigli che lui stesso rifiuta presto, e lo copre in quelle avventure in cui è necessario usare quattro mani, quattro piedi e due pistole. Nel suo tempo libero è il tuo mitragliere.

'Caporale' dico a Behme, che fischia mentre ripone la 'Tigre' di Hagen". Mi spiegherai in quali nuovi guai si è cacciato il capitano.

"Come, signore comandante?" chiede, facendo una faccia stupida.

"Behme, non voglio perdere tempo. Voglio sapere cosa ha fatto il capitano. E voglio sapere "per te".

La sua faccia continua a essere un'esibizione della più concentrata stupidità.

«Non riesco a capire cosa intende il comandante.

"Capirai se ti arresto. Dai, Behme, lo sai che il capitano non saprà da me che sei stato tu a dirmelo. Lo sai, no?

"Sì, signore comandante" è ciò che il mascalzone sta aspettando. Assicurazioni che Hagen non la butterà fuori con lui come informatore.

"Ho parlato.

"Beh... è, in un certo senso, il borgomastro.

"In 'un modo', Behme?

«Questo... sì, signore comandante. Sembra che se.

«Il sindaco di Pronsfield, Behme?

«Sì, signore comandante.

Io la conosco. Una donna sulla trentina, dai capelli color burro, una Giunone nordica in cui la Natura ha posto lo straordinario capriccio di due occhi quasi meridionali, scuri, luminosi ed estremamente invitanti. Conosco anche il borgomastro, un zoticone alto due metri, con le gambe come tronchi d'albero e un carattere aspro.

"Che cosa ha fatto il capitano, Behme?" chiedo freddo.

Mi guarda con l'innocenza stereotipata nelle sue pupille di volpe,

"Signor Comandante, forse il signor Capitano Hagen spiegherebbe meglio di me...

"Parla, Behme!

"Beh... possiamo dire, comandante, che il borgomastro ha trovato il capitano Hagen in compagnia del borgomastro e...

"Santo Dio!

La mattina è gelida. Dal Taunus, attraversando la valle della Mosella, ci arriva un vento freddo che preannuncia neve a breve. Ma non è freddo che rabbrividisco.

"Cosa è successo, Behme?

Si comporta come un nuotatore che si butta a capofitto nelle onde ghiacciate.

"Sig. Il capitano Hagen ha abbattuto il signor Borgomastro e lo ha picchiato.

Non è difficile per me crederci. È molto Hagen. Dopo aver sedotto la moglie, colpisci il marito. In casi simili, viene presa la pensione completa.

Non aspetto più e mi rivolgo allo Stato Maggiore della Divisione, approfittando del fatto che un "DKW" aveva quell'indirizzo. Abbiamo le macchine nascoste in un fitto bosco di castagni e faggi, avvolte in tessuti mimetici. Molte volte abbiamo visto passare sopra di noi le grandi formazioni di bombardieri alleati e i loro aerei fotografici e non hanno mai nemmeno sospettato che lì, sotto di loro, ci siano 150 carri armati pronti ad attaccare non appena ricevuto l'ordine.

Lo stato maggiore della divisione è a Pronsfield, l'esercito a Bitburg. Mi interessava il primo dei due.

Ovunque regna un'attività straordinaria. Come ho già detto, i treni arrivano ogni giorno nell'Eifel in gran numero, a volte più di un centinaio. Così, a occhio, e da quello che ho visto, posso calcolare che qui devono concentrarsi non meno di venti divisioni. Tutto, sotto il naso degli aerei alleati. È possibile? Come tedesco sono orgoglioso. In ritardo? Ah! Vedrai.

In questo momento sentiamo il suo suono fragoroso sopra le nuvole basse. Forse tornano dal radere al suolo alcune città del nostro Paese, dalla vile distruzione di migliaia di bambini, dallo sventrare donne e anziani. L'autista della "DKW" alza il pugno in aria e impreca, molto pallido.

Nello Stato Maggiore della Divisione, ospitato in un ex palazzo aristocratico, c'è molta attività. Auto, moto con soldati che trasportano parti da un luogo all'altro, riempiono la spianata di fronte a Plaza Mayor. Radio e telegrafo ronzano insistentemente.

In quella che un tempo era una sala da ballo di qualche ex marchese o barone, è installato il centro nevralgico delle operazioni. Gli ufficiali studiano le mappe, ricevono le parti e tracciano i loro piani più e più volte. In un certo senso mi trovo un po' perso lì; ma fortunatamente ho buoni amici. Uno di loro è il colonnello Von Simmenthal, che era con me al ginnasio quando eravamo studenti, allo Schleswig.

Approfittando di un momento in cui sembra essere libero, mi avvicino a lui.

Ciao, Tagger. Che cosa succede? Ci sono novità con le macchine?

"Niente, signor ufficiale" dico rispettosamente, poiché ci sono molti ufficiali che ci ascoltano e le familiarità non sono appropriate in quei casi.

"Volevi qualcosa?

«Si tratta di Hagen, colonnello.

"Ah, Hagen...

I suoi occhi brillano dietro le lenti montate ad aria, una copia esatta di quelle indossate dall'Aeichführer Himmler.

"Ti sei cacciato nei guai, vero?

«Non lo so molto bene, colonnello.

Si rende conto che non voglio parlare con gli altri. Mi prende per un braccio e mi conduce alla mensa.

"Beviamoci un caffè", dice.

Affondiamo i baffi in quell'orrenda mistura che è composta da succo di ghianda e panno bruciato, moderatamente addolcito con saccarina.

"Simmenthal" dico ". Che cosa hanno fatto con Hagen?

«Ma, caro Tagger, sono un colonnello di stato maggiore, non un ufficiale di guardia.

"Quello che voglio dire è che Hagen è il mio testimone e che non sono pronto a fare a meno di lui nel caso in cui dovessimo andare avanti.

"Bene bene; ma cosa posso fare?

Mi guarda, apparentemente perplesso. Non mi lascio ingannare dal suo aspetto innocente.

"Voglio che lo porti fuori da dove si trova. Hai nominato l'ufficiale di guardia. Significa che sei in arresto.

"Penso di sì.

«Bene, allora voglio che parli con il generale, se necessario, e che l'arresto di Hagen venga revocato.

«Amico, Tagger, non pensi di chiedere troppo?

"Non.

Spero che il mio tono suoni abbastanza intransigente. Sembra che se.

"Farò quello che posso. So che Hagen è... Bene, bene, farò quello che posso.

"Dammi un pass per vederlo.

Me lo portano in poco tempo.

Hagen è stato messo in una stanza con una porta ben chiusa. Ciò significa che, come al solito, non ha dato la sua parola d'onore di non lasciare l'edificio.

L'ufficiale di turno mi accompagna.

"Hanno sporto denuncia contro di lui, no?" Chiedo. Che tipo di denuncia?

I suoi occhi brillano, come quelli di Simmenthal. Sembra che questa sia la reazione che provoca in tutte le avventure di Hagen.

"Aggressione all'autorità amministrativa.

Quindi non hanno voluto far uscire il sindaco.

Apre la porta della stanza e mi fa passare.

7 dicembre. Più tardi

Hagen è seduto su una branda, fuma, la tunica sbottonata. Mi guarda mentre entra e mi fa l'occhiolino. Non appena l'ufficiale di guardia se ne va, allargo le gambe e infilo i pollici nella cintura.

"Beh, animaletto, cosa hai fatto adesso?

"Non te l'hanno detto?

"Voglio che tu mi dica..." tu. "

Puoi immaginare da quello che ho scritto su Hagen che non è un ragazzo normale. Non potrebbe essere un uomo che basta uno sguardo per sconvolgere una donna, cinque secondi per trovare il modo migliore per attaccare e distruggere un carro armato di stazza maggiore del suo, e dieci minuti per rimuovere un reggimento corazzato da un campo. in cui non può manovrare bene per collocarlo in un altro dove può funzionare con tutti i vantaggi.

È alto, con spalle ancorate e fianchi stretti. Per quanto ne so, non c'è un solo meridionale tra i suoi antenati; ma ha i capelli scuri e gli occhi castani. Le sue mani sono grandi e pelose; il suo collo, solido; le gambe, dritte come colonne.

"Conosci Ana?" mi chiede.

"Si la conosco. "Lo so" è la moglie di un altro uomo, e che quella stupida scimmia avresti dovuto pensarlo.

"Sta' zitto adesso. Me lo hai chiesto e io ti rispondo. Lo vuoi sentire o no?

"Parla, dannazione!

"Beh quello. Se la conosci, cos'altro posso aggiungere? Le ho detto che aveva dei begli occhi e mi ha messo le braccia al collo. Suo marito arrivò in quel momento.

"Non mi dirai che eri a casa sua di notte, solo per dirgli che aveva degli occhi adorabili.

Mi guarda beffardo e chiude la bocca.

"Beh, cosa hai fatto a quel pover'uomo?

"Impediscigli di farmi qualsiasi cosa.

"Cosa gli hai fatto?"

"L'ho messo in posizione orizzontale. Alcuni pettegoli aggiungono che l'ho preso a calci, ma non riesco a ricordare quel dettaglio. Ci sono dei vuoti nella mia memoria, Ulrich.

"Sapete che picchiare un sindaco non è una cosa innocente come bere un litro di vino? Sai?

"Ho una vaga idea al riguardo.

"E quello che può portarti davanti al Tribunale Militare?

"Quello, già...

Lui alza le spalle.

"Guarda" dico avvicinandomi a lui. Si stanno preparando cose molto serie. Per questo motivo faremo in modo che non ti accada nulla ... per il momento, a causa di questo sporco compito. Altrimenti, posso assicurarti che ti lascerei marcire in questa stanza finché un tribunale non ti assegna un altro posto.

Mi guarda in modo strano.

«E come fai a sapere, Ulrich, che non ho fatto questo sporco lavoro per evitare di essere coinvolto in quei gravi eventi di cui parli?

Sento il sangue scorrere nelle mie vene quando lo sento. Non può essere. È impossibile. Dieter Hagen non avrebbe potuto fare una cosa del genere. Le mie orecchie mi ingannano.

Riesco a malapena a balbettare:

"Che diavolo fai...?

Si alza e mi dà una pacca sulla spalla.

"Andiamo, andiamo, Ulrich, non fare quella faccia spaventata. Non ho inventato una scusa per non andare al fronte, se è questo che ti terrorizza. Tutto quello che ho fatto è stato diventare un po' negligente. Vorrei che quell'animale mi trovasse a confortare sua moglie.E' stata semplicemente la mia cattiva stella a portarlo dentro quando l'orecchio di Ana era molto vicino alla mia bocca.

Mi ritiro, un po' rassicurato. Io stesso, molte volte, nel corso degli ultimi mesi, mi sono sorpreso pensando che ero già stufo della guerra e che tutto ciò che volevo era poter riposare con calma, da qualche parte, e trascorrere il resto dei miei giorni senza dover continuamente pianificare il modo migliore per distruggere un mio simile. Ma sono riuscito a scacciare quei cattivi pensieri, come è mio dovere, ea sostituirli con l'idea che se ci demoralizziamo, che ne sarà del nostro Paese? Non devo dare rifugio, nemmeno per un istante, a tali pensieri disfattisti.

"Faremo il possibile per te", gli dico. Ma se te ne vai da qui, mi assicurerò che non ti sposti più dalla mia parte e non ti staccherò gli occhi di dosso per un solo momento.

Chiudo sbattendo la porta, mentre lui sta lì, sorridendo. Quel maledetto donnaiolo sa bene che ne abbiamo bisogno, che se ogni uomo capace di sollevare un fucile e premere il grilletto è necessario per il nostro Paese, lui, che sa fare molte più cose, è essenziale.

Al cancello del palazzo trovo l'ufficiale della guardia che parla con un gruppo di persone. C'è il borgomastro, e c'è anche suo marito.

Cosa ti ha messo in posizione orizzontale? ah! Il volto del sindaco rivela agli occhi più accecati le tracce del pestaggio che ha subito. Avrebbe potuto anche inciampare nelle catene di un carro armato in una notte buia; tali sono i segni che i pugni di Hagen hanno lasciato sulla sua faccia bruta.

E il sindaco? Sotto il cappotto di panno grigio, che non basta a nascondere le sue splendide forme di donna nel fiore degli anni, appare sorridente, con gli occhi socchiusi, la bocca rossa socchiusa per rivelare due file di denti levigati.

Suo marito parla con l'ufficiale, agitando le mani. Tra le sue labbra violacee è nera l'ammaccatura di un dente, probabilmente strappato via mentre cercava di difendere un onore che non aveva interesse a difendere.

Alla fine la donna prende il marito per un braccio, gli dice qualcosa a bassa voce e si girano. Ci sono già molti soldati e alcuni connazionali, riuniti, che guardano la coppia con ironico interesse.

8 dicembre.

Oggi, il reverendo Finstenmeier ha celebrato una messa di campagna per essere una festa cattolica molto importante. I nostri soldati bavaresi e austriaci hanno partecipato in gran numero.

Intanto, arrivano cattive notizie da ogni dove. I russi sono a quaranta chilometri da Budapest, e oggi ci hanno dato la notizia che gli inglesi hanno occupato Ravenna, in Italia. Segui la recinzione.

Hagen non è tornato e non ho potuto recarmi a Pronsfield. Dopotutto, il mio dovere è qui nel campo mimetico. Ma ho parlato con "Oberst" Pieck, che sembra sempre felice di essere portatore di cattive notizie. È stato lui a parlarmi di Budapest.

"A quanto pare il sindaco vuole giustizia a tutti i costi" mi ha detto quando si è assicurato che conoscessi la storia. E non mi sorprende. Hagen non può comportarsi come se fosse su un terreno conquistato. Questa non è l'Italia.

"No, signor colonnello" rispondo rispettosamente.

"Se non fosse perché abbiamo bisogno di lui... Cavolo, ritengo che andare a letto con una donna di trent'anni non sia un crimine; ma devi avere un po' di rispetto per il marito deriso. Non pensi Tagger?

«In effetti, colonnello, e io l'abbiamo fatto sapere al capitano Hagen.

«Nel caso in cui la faccenda venga rinviata, il capitano Hagen sarà sotto la tua sorveglianza, Tagger, e tu sarai responsabile di ciò che farai. Voglio che questo sia ben compreso.

«Sì, colonnello.

Devo rispondere "sì, colonnello", ma quello che mi sta ordinando di fare è assumermi la responsabilità diretta che lo scirocco non causi danni a una carovana di beduini nel deserto. Posso minacciare Hagen con la mia sorveglianza, ma posso ritenermi responsabile? Il carico sarà pesante.

Non che mi entusiasmi troppo all'idea di iniziare ad avanzare con i carri armati davanti al nemico, ma quasi, quasi, lo auguro. Almeno so che durante l'azione Hagen si guarda.

9 dicembre.

Gli americani avanzano sul fronte della Saar. Del reato non si sa ancora nulla. Le ore passano più lente che mai.

Scrivo in una delle stanze della fattoria dove la brigata ha installato l'ufficio di collegamento. Una fitta nebbia, più fredda che se fossimo in Groenlandia, è scesa sulle campagne.

Beviamo brandy e brandy per riscaldarci. Ho avuto una guardia molto pesante, poiché di notte sono suonati gli allarmi. Centinaia di aerei alleati sono passati sopra di noi. Il rombo dei suoi motori era come il battito di un contrabbasso gigante. Anche la terra tremò.

Fortunatamente non hanno idea che siamo qui. Altrimenti...

Hagen? Continua nello Stato Maggiore della Divisione. Ho avuto tue notizie tramite Gefreiter Behme. Presumendo che il dannato caporale riuscisse in qualche modo a vedere il suo capitano, gli ho portato sigarette e brandy. Quando torna, il caporale mi dice che il capitano sta bene e che ha subito onorato entrambi.

"Apparentemente" continua, "il sindaco Wald ha detto che avrebbe ritirato l'accusa se il capitano si fosse scusato con lui personalmente.

Nel dirlo, il caporale non mi guardò. Sembrava molto interessato al volo di un fringuello reale.

"Cosa vuoi dire? Chi ti ha dato questa notizia, Behme?

"Beh... nessuno in particolare, signore comandante. L'ho sentito da qualche parte.

"Dove? A chi?

«Laggiù, signore comandante. Mi considero incapace di ricordare dove oa chi.

Non mi stupirei se questo bergante si fosse mescolato alla faccenda. È perfettamente in grado di farlo per ordine del suo capitano.

10 dicembre.

Approfittando di una breve sosta, durante la quale, a quanto pare, la mia presenza non era necessaria, mi sono recato a Pronsfield, a cinque chilometri da dove siamo accampati.

Ho appreso da uno dei miei tanti ottimi amici che l'accusa potrebbe davvero essere ritirata. In questo caso è stato un comandante che era con me a Parigi, nello stesso ospedale, a dirmelo. È il segretario del giudice militare, il colonnello Weiberg, quindi devi saperlo bene.

«Le dirò in confidenza che il sindaco Wald sembra spaventato. Potete crederci?

"Credo di si.

"Non è che il colonnello Weiberg sia ansioso di condurre un processo contro Hagen; Ma se sei sotto pressione, dovrai farlo. Abbiamo parlato con il borgomastro e sua moglie... A proposito, Tagger, hai notato quale pezzo di donna?

"Sì. Ma, tornando ad Hagen...

Che occhi, che gambe e che cosa...; ma, diavolo, se l'hai vista non ho bisogno di scusarti. Ti assicuro che non mi sarebbe dispiaciuto in alcun modo che anch'io avessi intrapreso da solo una piccola conquista di lei. Ma le cose non sembrano troppo buone per un'offesa d'amore.

"Tornando ad Hagen..." ripeto pazientemente.

"Beh, a quanto pare... e nota che a quanto pare io dico, 'Herr' Wald ha avuto qualche indizio su cosa potrebbe succedergli se il processo fosse andato avanti e sembra ansioso di risolvere la questione. Finché Hagen trova scuse per lui.

"In pubblico?" Chiese, inorridito. So che Hagen non lo farà nemmeno se il suo collo è legato a una corda di canapa.

"Amico no. Accidenti, la cosa non è poi così male. Intendo dal punto di vista di un uomo come Wald, poco più che un contadino. "Herr" Wald sarà contento di far sapere alle sue amministrazioni che un ufficiale si è scusato, anche se non l'hanno visto. "Herr" Wald è un patriota a modo suo, si rende conto che siamo in guerra e che gli ufficiali devono avere dei privilegi.

"Forse si potrebbe fare," dico pensierosa.

"Beh, in quel caso tutto funzionerebbe. Ma mi piacerebbe sapere chi è che ha spaventato Wald. Forse sua moglie. L'ho trovato molto capace di farlo.

Penso al caporale Behme e alla sua devozione per Hagen, ma non ritengo mio dovere informarlo. Dopotutto, è lui l'impiegato del giudice istruttore, non io.

Chiedo di vedere Hagen, ma mi dicono che non può essere.

11 dicembre.

Niente in particolare tranne che, mentre le truppe continuano ad arrivare nell'Eifel, dovremo arrampicarci uno sopra l'altro. Oggi ho visto due treni con soldati provenienti dal fronte russo. Le cose devono andare male per rimuovere le truppe da lì, con la brutale pressione dei "verdammters" sovietici su tutti i fronti. Vengono con i vestiti strappati, gli occhi allucinati e il terrore nelle pupille. Ho fumato una sigaretta con uno degli ufficiali, ma tacciono come morti. Non vogliono menzionare "quello".

12 dicembre.

I russi avanzano a nord-est di Budapest. Come va tutto male! Migliaia di aerei alleati hanno bombardato la patria. Immagino che la mia vecchia madre laggiù allo Schleswig sarà ragionevolmente al sicuro. Non c'è niente là che possa tentare quelle bestie che bombardano un cantiere navale militare così come una scuola. È da tempo, quasi trenta giorni, che non ricevo una sua lettera. La radio parla degli attentati con grande circospezione. Non vuole che ci demoralizziamo, ovviamente.

Ah, ci sono novità. Abbiamo Hagen qui con noi. È arrivato stamattina, in tempo per spedire mezza bottiglia di brandy che avevo messo da parte per un'occasione migliore. Si è comportato come se niente fosse. Gli ufficiali lo hanno circondato, facendo domande; ma li ha tolti di mezzo con una battuta tempestiva. Quando eravamo soli gli ho chiesto quando l'hanno rilasciato e lui mi dice che era ieri sera.

"Dove sei stato finora?" Gli ho chiesto.

"Non potresti mai immaginarlo. Al borgomastro Wald, bevendo una bottiglia di vino del Reno con lui e "Frau" borgomastro. Sono andato a trovare delle scuse, e sono già rimasto a cena.

Mentre mi dice, i suoi occhi marroni mi guardano sarcasticamente. mi prendi in giro? No, questo diavolo non mi sta prendendo in giro. Ha, infatti, Dio vive.

E se il borgomastro non si è discretamente ritirato perché lui e sua moglie possano salutarsi con affetto... Ci sono cose che non si capiscono né capirò mai, perché la verità è che tutti i miei pensieri su Hagen sono leggermente tinti di invidia.

Ci sono uomini che, .., che sarebbero dovuti nascere in un altro secolo, nel XVI, per esempio, e lui è uno di loro. Gli sarebbe andato bene il mantello di condottiero e il diritto di vita e di morte su tutte le donne che avrebbe potuto conquistare con la sua spada.

Ma... Hagen aveva davvero bisogno di tutte quelle cose? Non ottieni tutto quello che vuoi... adesso, nel ventesimo secolo?

Nel distribuire i doni, la Natura è eccessivamente prodiga con alcune persone e molto avara con altre. Hagen è uno dei primi. io, del secondo. Riuscirai a combattere il destino?

13 dicembre

La danza comincerà da un momento all'altro.

Lo annuso. Sono un veterano e immagino queste cose. E come me, tutti gli ufficiali. Le consultazioni tra i comandanti del reggimento e quelli della brigata, quelle della brigata con quelli della divisione... E le razioni extra che ricevono le truppe e che sono "quasi" commestibili... E i treni di munizioni, e le enormi petroliere che abbiamo visto mimetizzate dieci chilometri più a nord...

Tutto, insomma, è come un mosaico che un buon soldato, temprato in tante battaglie, sa interpretare con tutta correttezza. Andremo nel fuoco.

Quando? Se mi facessero la domanda, direi che forse domani... No, non domani. Dopodomani.

Restiamo tutto il tempo vicino alle macchine, o molto vicino a loro. I permessi sono scaduti.

Oggi c'è stata una distribuzione di cognac. Il freddo è molto intenso e sicuramente nevicherà da un momento all'altro.

Direzione dell'offesa?

Ho parlato con un capitano di osservazione dell'artiglieria. Mi disse che tra Coblenza e Bonn si era insediato un altro esercito corazzato. Sono SS

Ho cercato "Oberst" Pieck e quando mi sente si acciglia.

"Un esercito 'Panzer' delle SS? Può essere solo il sesto. È di recente formazione. Possono essere brave persone, ma dubito che abbiano l'esperienza necessaria.

Impegnato com'è, Haller, l'assistente di Von Manteuffel, si prende qualche minuto per me.

"Se è il sesto« Panzer ». Tagger, attacchiamo verso le Ardenne.

"Chi comanda quell'esercito?

«Generale Dietrich. "Sepp" Dietrich.

Ho sentito parlare di lui come di un buon militare, ma un capitano ignora molte cose.

"Quindi il Führer l'ha fatta franca.

"Penso di sì. Come potrebbe essere altrimenti? Rundstedt ha urlato a morte, si è rifiutato di eseguirlo e Model ha finito per prendere il comando dell'operazione.

E cosa dice il generale?

Per noi "il generale" è e sarà sempre il comandante del Quinto "Panzer": il "generaleutnant" von Manteuffel.

Né era d'accordo. Andò con Model a vedere ... "abbassò la voce e si guardò intorno nel caso qualcuno ci sentisse" per vedere il colonnello generale Jodl. Tutto è stato inutile. Sarà attaccato dalle Ardenne. Con cosa, preparati.

"Lo sarò, non esitare.

Come avrebbe potuto scoprirlo? Quando arrivo al nostro alloggio incontro Hagen. È piegato su una mappa e misura accuratamente le distanze. Mi chino sulla sua spalla e vedo cosa sta facendo: è la mappa delle Ardenne, quel territorio collinoso e boscoso a cavallo tra Belgio e Lussemburgo, dove probabilmente ci ritroveremo impantanati tra poche ore.

"Cosa fai?" Gli ho chiesto.

«Previo riconoscimento, caro Ulrich.

"Perché proprio su questo terreno?

"Perché è lì che cercheremo di scacciare i meticci e gli inglesi.

"Come lo sai?

«Premonizione, Ulrich. E lo sai anche tu. Siamo una coppia di vecchi cani saggi; Allora perché ci prendiamo in giro?

Il tuo dito indice è saldamente piantato su un nome sul pianoforte.

"Guarda quel bivio laggiù, quasi davanti a noi. Ci andremo.

Leone: Bastogne. Bene, è un incrocio stradale. È molto probabile che abbia ragione. Un punto in più sulla mappa. Un'altra città da occupare.

«In ogni caso... Prepariamoci.

I suoi occhi mi guardano in modo strano:

"Sì," affermo e annuisco.

14 dicembre.

Sospensione di tutti i permessi, "assolutamente" tutti. Il generale ha ispezionato personalmente i carri. Circondato dal suo bastone ha attraversato davanti a noi, a testa alta, con gli occhi fermi.

Più brandy e brandy per le truppe. Doppia porzione di carne, burro e patate.

Siamo tutti nervosi, tesi. Stanotte aerei inglesi hanno bombardato Colonia. Possibile che non si siano accorti della nostra presenza? Devono averglielo dato. Dal Lussemburgo, gli americani premono con decisione. La sua Terza Armata, comandata da un pagliaccio che fa indossare agli ufficiali le loro insegne su elmetti d'acciaio, spinge ferocemente. Ho scritto "clown"? Non lo è, siamo onesti. Riguarda l'uomo che ha spezzato la Gran Bretagna in due pochi giorni dopo l'invasione. Si chiama Petton o Patton. Me l'hanno appena detto.

Si parla di evacuare le città tedesche da questa zona nel caso le cose non andassero bene; ma perchè dovrebbero sbagliare? Dobbiamo avere tutti fiducia. Completa fiducia. Abbiamo ragione e ragione, abbiamo ancora la forza... ce l'abbiamo ancora, Dio vive, e li getteremo in mare. Lo ha detto il Führer. Fiducia! Devi essere fiducioso.

"Allora... perché provo davvero paura? I nervi?

Nevica furiosamente.

15 dicembre. Notte.

Attacchiamo! «Germania, über alles! Gott mít uns!

17 dicembre. Notte.

Questo e spettacolare! Colossale! Scrivo veloce, la mia calligrafia sarà appena leggibile, ma se non lo facessi ora, non potrei farlo da nessun'altra parte.

Abbiamo passato due notti quasi senza dormire, ma non ho voluto far passare altro tempo prima di scrivere questi appunti, anche togliendolo al sonno che mi sono tanto meritato, come tutti gli altri.

Questa non è un'offensiva, questa è una valanga! Abbiamo trafitto gli americani come un ago trafigge un pino chiaro. A trenta miglia all'ora abbiamo avanzato, distruggendo tutto sul nostro cammino!

Dovevi guardare quei mezzosangue correre! Come conigli sono fuggiti prima di noi. Abbiamo appena avuto il tempo di mangiare. Avanti sempre avanti! Se continua così, in poche ore saremo di fronte alla Mosa, la attraverseremo e traboccheremo attraverso la pianura fiamminga fino al mare, ad Anversa. Che grande generale è il Führer! Che genio! Napoleone, Alessandro, Annibale! Cosa sei al suo fianco? Polvere! Meno polvere!

La quinta armata tedesca "Panzer", davanti alla quale saranno esposte le generazioni successive, ha diviso in due le difese americane.

Racconterò la parte che mi è successa, naturalmente. Che importanza ha una o due ore di sonno quando abbiamo in vista la salivazione tedesca? Scrivo febbrilmente, ancora stordito dall'entusiasmo, sprecando il fervore tedesco.

Attacchiamo all'alba. La nostra divisione ha preso il via con le "Tigri" in testa e le "Pantere" dietro. Il primo ostacolo che si è presentato davanti a noi sono state le foreste del nord del Lussemburgo e la neve, che cadeva costantemente. Poiché le strade e le autostrade erano già coperte, hanno immediatamente provveduto a dipingere le auto di bianco per renderle meno visibili.

Dalla mia visiera potevo distinguere i lati della strada, fiancheggiata da boschi innevati. Davanti a me c'erano due carri in testa, in missione di sorveglianza, ma non avevamo bisogno di lei finché non ci fossimo avvicinati molto a Clervaux.

Lì ci imbattemmo nei primi avamposti americani, gruppi di combattimento che si dispersero quasi senza sparare un colpo. Abbiamo lasciato il compito di eliminare i bambini che venivano dietro di noi, sui loro camion.

Siamo entrati a Clervaux, travolgendo tutto sul nostro cammino. La strada, le strade, erano strette, e per non interrompere la marcia dovevamo demolire case, livellare ostacoli.

Alla periferia di Clervaux, un gruppo di ingegneri americani aveva posizionato alcune difese anticarro. Ciò significa che non erano così all'oscuro dei nostri piani come supponevamo. Tuttavia, il loro lavoro era stato svolto con troppa leggerezza. Abbiamo abbattuto le scogliere e in quel momento l'auto davanti a me è andata a sbattere contro una mina.

Fu trasformato in un mucchio di cianfrusaglie, con il ventre spalancato e il capo che penzolava sinistramente dalla torre, come una bambola sconnessa.

Ho aperto il fuoco su un veicolo, un trasporto truppe "Chevrolet", in fuga a capofitto nella semioscurità di un'alba grigia e bianca, e ho avuto la grande soddisfazione di vederlo esplodere.

Ho detto all'autista di rallentare. Questo era un campo disseminato di mine, e ben presto vidi che era stato saggio. Una "Pantera", di cui non riuscivo a distinguere il numero, sbandò violentemente quando inciampò in una, e il suo serbatoio di petrolio esplose.

Adesso avevamo la luce. I bengala illuminavano perfettamente la strada e il campo, e guardavo i nostri carri allargarsi per costeggiare il campo minato, penetrando nella foresta.

La mia posizione era quasi al centro della colonna. Ho messo la mia pelle nelle mani di Dio Onnipotente e ho ordinato di avanzare.

Dio era con me! Se ce n'erano altri sulla strada, guidava i miei passi per non inciamparci. Sono riuscito a passare e ho caricato ferocemente contro un edificio dal quale siamo stati sparati con bazooka e fuoco anticarro.

La voce di Oberst Pieck echeggiò nelle mie orecchie.

«Distruggilo, Tagger! Distruggi quegli anticarro!

Sapevo esattamente come farlo.

A meno di quaranta metri di distanza, all'alba che diventava sempre più bianca, ho cominciato a scattare. Il mio artigliere, un ragazzo sassone di ammirevole sangue freddo, prese la mira e mandò un proiettile fracassante in casa. Subito, il secondo e il terzo. Hanno tutti colto nel segno. Al primo, il tetto volò in aria, un'enorme bocca si aprì nella facciata al secondo e, infine, il terzo esplose nel seminterrato dell'edificio, probabilmente nel seminterrato, perché tutto esplose come un vulcano.

Ho visto le uniformi color cachi dei soldati americani entrare nel campo.

E andiamo avanti.

Alle dieci del mattino continuammo a penetrare in profondità nelle scarse difese americane. Poi mi è arrivato l'ordine di Pieck.

"Tagger, devi girare a sud. Tutte le auto al sud.

Che cos 'era questo? L'obiettivo è stato cambiato?

Ma quando abbiamo visto l'auto di Pieck e la direzione che stava prendendo, ci siamo resi conto che si trattava di una leggera deviazione, da parte della divisione, mentre gli altri continuavano ad avanzare.

non riesco più a scrivere. Mi sto addormentando. Devo salvarlo per un'altra volta.

18 dicembre.

Questa, più che una rissa, sembra una strage. Mi prendo un momento quando ci siamo fermati per fare provviste, e cercherò di raccontare le mie impressioni da quando ieri ha dovuto interrompermi.

Ma, soprattutto, che spettacolo dei battaglioni americani annientati, fatti prigionieri, infilzati dalle baionette dei nostri coraggiosi fucilieri che a volte devono solo scendere dai loro camion per raccogliere i nemici che si arrendono a centinaia! Un simile spettacolo riempie di gioia un cuore tedesco che per tanti giorni è stato vincolato dal dubbio e dalla paura del futuro della sua patria.

Non possono batterci! Li abbiamo battuti in ogni riga, la Germania è salva!

Sì, lo so, nonostante gli sguardi ironici che Hagen mi ha rivolto quando gliel'ho detto. Quindi ti ho fatto sapere appena mezz'ora fa.

Le autocisterne mimetizzate sono arrivate un attimo fa per rifornirci di carburante. Il cielo, coperto di nuvole, grazie a Dio, non permette agli aeroplani americani di farci molto male, anche se a volte sentiamo le informazioni e gli apparecchi fotografici che volteggiano sopra le nostre teste, come farfalle disorientate.

Secondo le mie notizie, al Nord, anche la Sesta Armata SS "Panzer" avanza con furia e determinazione per dividere gli inglesi e gli americani.

Se separiamo i due eserciti, gli alleati gireranno il loro fiero sedere e si getteranno in mare per salvarsi. La Francia sarà di nuovo davanti ai nostri occhi e la Germania sarà salva.

Che cosa ha da opporsi il capitano Hagen?

In piedi davanti alla sua macchina, casco in mano, il collo avvolto nella sciarpa di seta, fuma avidamente. Mi offre una sigaretta, mentre è il nostro turno di fare rifornimento, e aspettiamo che Pieck ci dia gli ordini.

Le foreste delle Ardenne si estendono intorno a noi. Un luogo desolato, in questo rigido inverno. Basse colline ricoperte di alberi, carbonaie...

Ha smesso di nevicare.

"Penso che tu sia troppo impressionabile, caro Ulrich", mi dice Hagen.

"Ma non vedi che oltre queste foreste maledette c'è la Mosa, e dietro la pianura, la pianura liscia che ci condurrà dritti al mare?

"Vedo tutto questo e molto altro. Vedo che ogni carro che ci distruggono non può essere sostituito e che, invece, per ognuno di loro che perdono, tre dalla Francia vengono messi in funzione. Questo è quello che vedo.

Una delle caratteristiche più sgradevoli di Hagen è che non abbassa nemmeno la voce per esprimere questi giudizi demoralizzanti. Se qualcuno mi sentisse ascoltarti senza protestare energicamente, potrebbe credere che ho partecipato alle tue idee.

"Capitano Hagen, ti proibisco di esprimerti in questi termini!

"Per ordinare, signor Senior Tagger" risponde con un roco tono di scherno.

Dovrei rimproverarlo con più vigore, ma poi mi accorgo che il suo mitragliere sta dipingendo tre bandierine americane sulla fiancata della sua "Tigre".

"Tre?" Chiedo.

"Naturalmente" risponde con orgoglio insolente ". Era il minimo che potesse fare in due giorni di combattimento, no?

Distrutti tre carri armati. E so che Hagen non mente. Se il tuo artigliere disegna una bandiera schiacciata e sbarrata, è perché ha abbattuto un carro armato americano, senza dubbio.

Non sono invidioso, ma vorrei che quelle tre bandierine fossero mie.

"Mi congratulo con te" dico.

"Grazie.

Per un attimo fumammo in silenzio. Davanti a noi passa un gruppo di prigionieri americani, guidati dai nostri fanti. In lontananza si sentono le pulsazioni profonde dell'88 mescolate ai latrati acuti dei cannoni dei carri armati.

Stanno andando avanti senza di noi, ma li raggiungeremo non appena faremo rifornimento. Non faremo tardi, te lo assicuro!

I prigionieri americani, in colonna, con i loro lunghi mantelli color cachi, i loro elmetti d'acciaio e i loro cappelli di maglia, sembrano robusti e ben nutriti, ma i loro occhi rivelano una misera paura. Questi non sono affatto gli eroi del leggendario Far-West e dei film d'avventura con cui la Hollywood prebellica ci ha crivellato. Piuttosto, sembrano i rifiuti dei quartieri industriali di Chicago e New York.

"È possibile", riflette, gettando via la sigaretta. Per ognuno dei nostri poveri ragazzi che impugnano il fucile per la prima volta, o per i nostri stanchi granatieri russi, ce ne sono cinque come questi.

"Capitano Hagen!

"Sig. Comandante Tagger!

Non c'è davvero alcun motivo per organizzare una disputa, che non porterebbe a nulla. E Hagen sembra pronto a combattere. A quanto pare un'ora di inattività gli basta per tornare a essere l'indisciplinato ribelle.

Il colonnello Pieck ci chiama. Devo finire queste pagine.

19 dicembre.

Non invano, perché non ho fatto altro che compiere il mio dovere, ma con legittimo orgoglio prendo queste righe con la mia nuova laurea. L'ordine mi è appena arrivato e l'ho ricevuto dalle labbra di "Oberst" Pieck. Sono stato promosso.

Anche Hagen. Adesso è più grande. Mi sono congratulato con lui e mi ha risposto qualcosa sul mettere la spallina intrecciata in cima alla croce quando la raccolgono. Naturalmente, non volevo ascoltarti.

Ma torniamo alla nostra storia.

Oberst Pieck ci ha dato gli ordini. A quanto pare, anche se ovviamente temporaneamente, siamo in detenzione. Ignora come, dal momento che il cielo, completamente coperto di nuvole, consente appena il volo; una divisione di paracadutisti americani è riuscita a piazzarsi sul nostro cammino, proprio sulla nostra prima linea di attacco.

Me lo chiariscono. L'hanno presa via terra. Questo mi rassicura. Il tempo è ancora nostro alleato, quindi.

Il fatto è che hanno bloccato, come dicevo, il nostro attacco frontale. I paracadutisti sono in una città il cui nome mi risuona come una campana. Bastogne. Mi sembra ancora di ricordare il lungo e forte indice di Hagen che lo indicava sulla mappa.

E lì si difendono, come topi messi alle strette. Naturalmente il generale Von Manteuffel diede subito l'ordine di proseguire ai lati per accerchiare la città e i paracadutisti al suo interno.

La nostra missione, ci ha detto Oberst Pieck, continua: raggiungere la Mosa con tutti i mezzi a nostra disposizione. E chi dubita che lo realizzeremo? Due delle nostre divisioni continuano la loro avanzata, anche se apparentemente un po' più lentamente. Noi, credo, siamo in missione per distruggere quell'ostacolo che Bastogne rappresenta.

Subito dopo il colloquio con il colonnello, al quale partecipano tutti gli ufficiali della brigata, sono tornato dalla mia cara "Tigre", nella quale non ho ancora potuto dipingere una bandierina, ma che farò se il l'aiuto di Dio è ancora di buon auspicio per me.

Hagen mi ha incontrato solo dopo un'ora, il che mi ha sorpreso. Ma in questo momento non ho tempo per dire niente. Ci ordinano di andare avanti e dobbiamo farlo. Avanti, dunque, e la vittoria ci copra con le sue ali.

19 dicembre. Notte.

Grazie a Dio mi sembra di avere un po' di tempo adesso. Lo utilizzerò per continuare a trascrivere in questo diario, che mi ha reso così prezioso, gli ultimi avvenimenti.

Che sono stati abbondanti.

Bastogne non è caduto, nonostante le nostre previsioni. Ma andiamo per parti. Devo mettere in ordine i miei pensieri e i miei ricordi. Perché in battaglia il soldato difficilmente vede più di quello che ha davanti al naso. Poi un'informazione qua, un pettegolezzo là, presi a caso, gli permettono di ricostruire quale sia stato il quadro generale delle operazioni.

Innanzitutto, lo ripeto: Bastogne non è caduto.

Ci siamo gettati su di essa con tutte le nostre forze e l'abbiamo circondata. Si Certamente. La città è racchiusa in un cerchio d'acciaio, che si restringe inesorabilmente.

Attraverso i campi che lo circondano, attraverso i boschi innevati, le nostre truppe corazzate e i nostri valorosi granatieri combattono contro un nemico che credevamo più debole, ma che resiste furiosamente, forse con il coraggio che presta la disperazione.

Bastogne si trova a un incrocio stradale. È un posto chiave, non ci sono dubbi, e di più in questo momento: quando il Sesto "Panzer" e parte del Quinto avanzano impetuosamente, seguiti da divisioni di fanteria, da artiglieria, da impedimenta, affiancati da Genio della Distruzione , genieri, minatori e forniti da un furiere un po' parsimonioso, dobbiamo ammetterlo, in onore della verità. E più per il fatto che non potendo bombardarci a causa delle circostanze meteorologiche "per fortuna! "Hanno bombardato le nostre linee di rifornimento.

Ho dovuto assistere alla battaglia in uno dei punti di maggiore attrito: a circa tre chilometri dalla città, quasi proprio al confine del Lussemburgo, come ho visto sulla mappa, tra le due strade che da est convergono sulla città . Una grande foresta di fitti alberi, tra i quali si sono rifugiati gli americani supportati da anticarro, tiratori "bazooka" e mortai.

Per un attimo aveva smesso di nevicare. I fiocchi si erano trasformati in gocce d'acqua, e questo ci ha portato a credere che sarebbe stato un vantaggio. Purtroppo questo non è stato il caso. L'acqua si è subito ghiacciata, perché la temperatura è molto bassa, e le catene delle vasche rimangono come se stessimo rotolando sul vetro.

Il mio carro armato, più volte, è crollato e ha lasciato il nostro cannone puntato contro le nostre stesse truppe. Immediatamente, Pieck ha dato l'ordine di lasciare la strada da cui eravamo mitragliati per entrare nella foresta, di cui abbiamo sradicato gli alberi più giovani. Per fortuna ci sono sentieri praticabili e attraverso di essi ci siamo infiltrati come l'acqua attraverso una spugna.

Ho dovuto distruggere un nido di tiratori di bazooka, quella pericolosa invenzione britannica, che avremmo dovuto inventare noi. Il colpo di uno di quei siluri la cui elica porta due nomi, è qualcosa di veramente sconvolgente, ho visto come al suo impatto una "Pantera" si è divisa in due, sventrata come un verme che una scarpa ha trovato sul suo cammino.

Gli ho sparato due raffiche, una volta individuato, e ho guardato con soddisfazione come i suoi servi volavano in aria come spaventapasseri di pezza.

Dietro di me, a piedi, vengono due compagnie di fanteria, che si proteggono con il mio sedere e i miei fianchi. Uno sguardo ai loro volti mi ha fatto pensare che forse quella maledetta scimmia Hagen non era lontana.

Molti di loro sono abbastanza grandi per combattere in prima linea, e altri sono giovani che avanzano a balzi, occhi selvaggi, corpi tesi, che purtroppo perdono incidenti a terra che servirebbero a riparare una squadra al completo e, invece, usano rifugi dove vengono spazzati via dai cecchini.

Ma non devo lasciarmi scoraggiare da queste impressioni. Se l'Alto Comando ha deciso di impiegare riservisti più anziani e più giovani, deve aver avuto ragioni forti e ben consolidate per farlo. Non ci possono essere dubbi al riguardo.

Un po' più avanti, e sempre nel corso di questo terribile pomeriggio, ho dovuto affrontare un pericolo ancora più grande.

Protetti da un folto gruppo di alberi secolari con grossi tronchi induriti dal gelo, gli americani hanno posato varie malte e... qualcosa di molto peggio.

I primi mortali allertano i fanti che camminano dietro di me, e si schierano in guerriglia, rapidamente, agli ordini dei loro ufficiali. prendo la radio.

"Ho davanti a me il livello cinquecentodue, colonnello," dico.

Sento subito la voce di Pieck. Questo eccellente comandante di reggimento sembra avere cento bocche e cento orecchie per ascoltare tutte le parti con cui lo crivelliamo costantemente. Si occupa di tutti loro e dà l'ordine esatto e tempestivo a tutti.

«È il tuo obiettivo, Tagger.

«Sì, colonnello. Lo attaccherò.

"Cosa c'è che non va, Tagger?"

Ha capito che non mi preoccuperei di informarlo che sto per raggiungere l'obiettivo assegnato, e della cui missione sono perfettamente imposto.

"Antiaereo, signor colonnello"

«Distruggili, Tagger. Hai bisogno di aiuto?

"Penso di no, signor colonnello

"Quante auto hai lì in questo momento?

«Cinque, signor colonnello. Ma non sono riuscito a mettermi in contatto con Hagen. Non so se l'hanno distrutto.

«Non l'hanno distrutto, Tagger. Te lo mando proprio ora. Ne avevo bisogno altrove.

Quindi ora non è più "il mio capitano"? Ora è di nuovo l'insostituibile, l'uomo che mi ruba per usarlo quando vuole. Sto per sorridere, quando la radio del carro armato mi porta la voce familiare:

«Ci vado, Tagger. Valore.

Maledetta scimmia. Valore? Ne avrai bisogno quando ci metterai le mani sopra. È un mio subordinato, giusto? Ho il diritto di ordinare una missione senza che rappresenti una richiesta di aiuto da parte mia.

I quattro carri che ho lasciato fuoco continuamente su quel nido; Ma a quanto pare, i dannati meticci americani si sono appropriati di alcune difese che abbiamo fatto in precedenza e resistono come se avessero qualche possibilità di uscire da quella situazione.

Se c'è un'arma che ho imparato a temere, quasi quanto i cannoni anticarro e gli aerosiluranti, è l'antiaerea quando, azzerata, ci presentano i loro obici. La velocità di fuoco di questi dannati artefatti è agghiacciante. In un attimo possono piazzare su una di esse cinque granate esplosive che, sebbene esplodano a contatto con l'armatura, a volte la attraversano e, soprattutto, distruggono le catene, la torre e la trasmissione.

Dentro la vasca tossiamo per l'odore di cordite. Dalla mia posizione, con gli occhi incollati allo spettatore, posso distinguere il gruppo di alberi che nascondono sicuramente una casamatta di cemento e acciaio. Gli alberi saltano uno ad uno agli impatti dei nostri cannoni, mentre con le mitragliatrici spazziamo tutto lo spazio che circonda l'obiettivo per evitare che i server dei "bazooka" e i lanciagranate e le bottiglie di benzina mostrino il naso. .

"Pronto" sento nelle cuffie.

Hagen è finalmente arrivato.

«Due AA dietro quegli alberi.

"Bene.

Bene? Continuo una maledizione. Ma questo non è il momento di contestare.

In quel momento una delle nostre vetture viene colpita da una serie di impatti. Culatea, si impennava quasi come un cavallo e, ruotata una delle sue trasmissioni, rimaneva fianco, offrendo un ottimo bersaglio per gli americani. Sembra uno scarabeo a cui sono state strappate tutte le zampe da un lato. Ingrassano subito su di lui.

"Sembra impossibile attaccarlo, vero?" chiede Hagen, il cui carro sta tirando alla sinistra del bersaglio. Gli altri capi macchina sembrano pensarla come lui.

Ordino che siano distribuiti tra gli alberi. Sì, a quanto pare è impossibile.

E in quel momento vedo un gruppetto, tre fanti, che barcollano in avanti. Uno di loro porta sulla schiena un dispositivo che conosco bene. Un lanciafiamme. Quegli uomini coraggiosi vogliono aiutarci, ma non riusciranno mai a restare a torso nudo.

"Capito", dice Hagen, senza che io debba dirgli una sola parola.

E vedo come la tua macchina inizia a funzionare. Per un attimo le sue catene scivolano sul terreno ghiacciato, mentre il suo cannone sputa fiamme furiose. Poi, ancorato in un monticello privo di neve, prende velocità e si dirige come un ciclope verso l'ostacolo.

"Buona fortuna" dico. E ordino al mio artigliere di aggiungere il suo fuoco fino a coprirlo con un getto d'acciaio se mi nascondo.

Gli americani, dal canto loro, non si sono fermati. Continuano a sparare, ma la loro potenza di fuoco sembra inferiore. Potrebbero non avere abbastanza munizioni.

I tre fanti si attaccano alle catene di Hagen e avanzano con lui. Hanno capito. Hagen avanza obliquamente per proteggerli il più possibile.

Innalzo una preghiera per loro. Sembra quasi impossibile, ma ho visto Hagen fare cose così difficili.

Sta arrivando... sta arrivando...

Improvvisamente, il serbatoio gira sul sedere con un angolo di venticinque gradi. È un gesto magnifico. Ecco qua, ragazzi, sembra dire.

I tre soldati lo interpretano e non perdono un secondo. Quelli non sono principianti, ovviamente. Lo hanno fatto con la maestria dei soldati veterani

Quello con il "flammenwelfer" lo fa notare. Come in un film vedo la bocca della manica che si alza e, all'improvviso, il getto di fuoco, l'orribile dito infuocato che avanza lentamente.

Tratteniamo il respiro. Anche gli americani devono averlo capito, perché i loro colpi stanno peggiorando; ma già la punta incandescente si avvicina a loro, traversa tra gli alberi, che sfrigolano, e infine crolla con tutto il suo ardore sul fortino.

Un piccolo vulcano erutta davanti ai nostri occhi. Sembra una fontana di fuochi d'artificio, tra gli alberi in fiamme, ei pacchi di munizioni che esplodono.

L'ostacolo non è più così. Aspetto qualche istante che gli sfoghi cessino e l'ordine di avanzare. Con grida di gioia, ululati di trionfo, i fanti si stendevano sul bersaglio come uno stormo di aragoste.

Mi asciugo il sudore. La voce di Hagen raggiunge le mie orecchie.

"Intelligente. Tagger. La perlustrazione è finita. Vai avanti?

"Vai avanti" rispondo.

Ma qui devo interrompere la scrittura. Mi sto addormentando e il brandy, di cui ho bevuto quasi una bottiglia, può essere colpa del fatto che queste pagine non siano la riproduzione fedele e fredda di ciò che è successo in questo lungo pomeriggio. Mi è sembrato di aver usato delle parole, delle frasi, dei giri, un po' enfatici. Se avrò tempo lo rileggerò, ma non ho intenzione di lucidarlo. Questo sminuirebbe il suo entusiasmo e, d'altra parte, questo è il diario di un soldato in un momento cruciale della sua vita, non il racconto di uno storico, come ho già notato.

No, lo lascerò così com'è, anche con la sua possibile mancanza di obiettività.

20 dicembre.

Non ce lo meritiamo davvero.

Quando, tre giorni fa, ho appena iniziato il mio racconto con esclamazioni esultanti, nulla mi faceva pensare che avrei dovuto moderare la mia giustificata gioia dopo così poco tempo.

Ho riletto le righe precedenti. Forse adesso mi lascio trasportare anche da un pessimismo un po' paralizzante. La situazione potrebbe non essere come la vedo ora, con gli occhi e il cervello stanchi per così tante ore di combattimento quasi ininterrotto.

Lo scrivo: sembra che siamo stati arrestati. Che la nostra vigorosa avanzata, la nostra marcia travolgente verso il mare, sia stata rallentata da vari fattori, dei quali non è certo il minimo che il tempo ci volti le spalle ostili.

Sì, non ho altra scelta che registrarlo qui. Non sarei fedele a me stesso se non lo facessi. Ma procediamo per parti.

Ho smesso di scrivere ieri, ancora sotto la regola gioiosa delle nostre vittorie. Quelle vittorie, oh, non erano grandi come me, un partecipante a loro, mi sembravano. I miei occhi erano pieni di fortini distrutti e bruciati, carri armati nemici schiacciati, foreste che tuonavano per gli impatti della nostra artiglieria. Purtroppo quella era solo la parte che avevo vissuto, non lo schema generale della battaglia.

L'arrivo della notte ci ha portato il resto, ben meritato. Ci fu dato l'ordine di fermare le auto per far posto alle nuove divisioni che non erano ancora entrate nel fuoco e per consolidare le posizioni prese al nemico.

Uscendo dalla vasca, le mie gambe riuscivano a malapena a sostenermi. Stavo barcollando come un ubriacone! Un ranch freddo, con lattine di carne ancora affrettatamente affisse sotto la loro etichetta, un'altra pubblicità "Made in the United States", "suprema ironia!", caffè e brandy.

Abbiamo divorato la carne fino a quando la latta non è stata perfettamente spennata e abbiamo acceso le sigarette. Di quest'ultimo non ci è stata data una scorta, il che mi fa temere giorni amari, privati di qualcosa che per il soldato è importante quasi quanto il cibo.

Eravamo in una radura della foresta, vicino alla strada dove passavano costantemente i nostri convogli, portando continuamente nuovi rinforzi a quel corno che è il fronte, e che consuma tutto ciò che gli lanciano.

Avremmo tutti preferito dormire al caldo, in una qualsiasi delle città o dei villaggi conquistati; ma purtroppo è impossibile.

All'improvviso, la notizia. Il generale di brigata convoca i capi. Siamo andati, ma quando ci siamo incontrati in una fattoria nascosta sotto un fitto bosco di castagni con i rami strappati dalle schegge, ho visto che se eravamo tutti lì, allora le nostre perdite erano importanti.

"Ho appena ricevuto notizie dalla divisione", ci ha detto il generale. Era seduto a un tavolo di pino, con sopra una mappa. Ci guardava con i suoi occhi acuti, cerchiati di rosso per la stanchezza". Miei signori, ci è stata assegnata la missione di prendere Bastogne.

Ci fu un mormorio, prontamente messo a tacere dalla mano del generale che si alzò in aria, lampeggiante.

"La città non è ancora caduta, non ho bisogno di dirtelo. La resa è stata offerta al generale McAuliffe, comandante dei paracadutisti in essa racchiusi. La sua risposta è stata scortese e sconveniente per un militare, ma estremamente grafica. Lo traduco semplicemente come "nasi", molto vagamente, tra l'altro.

"Cosa si aspetta, mio generale? Ha chiesto "Oberst" Pieck, il cui volto è stato accarezzato da un elmo di schegge, producendo una lunga ferita che non gli ha impedito di continuare nel suo posto.

«Aspetti che il tempo migliori, colonnello. Questo è quello che si aspettano. Non appena ciò accadrà, e Dio non voglia che sia presto, la sua aviazione ci schiaccerebbe. Purtroppo la protezione aerea che ci aveva promesso il Gran Maresciallo del Reich non è riuscita a diventare realtà.

Molti occhi lo osservavano attentamente. Quella era una notizia seria, ma la paura non si leggeva su nessun viso.

Tuttavia, sono rimasto sorpreso. Il gomito di Hagen mi sfiorò il braccio. Cosa vorrebbe dirmi questo mascalzone? Pensava che le sue assurde paure potessero avere il minimo fondamento?

«Quindi, miei signori, dobbiamo prendere Bastogne se non vogliamo che quella maledetta città vanifichi i nostri piani ben ponderati. Penso di essermi fatto capire bene.

Nessuno annuì, ma il generale sapeva di poter contare sui suoi uomini.

"Vedo" continuò questo eccellente capo "che ci sono molte radure nelle vostre file. Domani ce ne saranno altri, ve lo posso assicurare, perché ho promesso al "Genealleutnant" che domani prenderemo Bastogne o periremo tutti nello sforzo.

A nessuno piace sentirsi dire questo, ma siamo soldati e capiamo perfettamente quando è necessario iniziare a dire addio alla nostra pelle. Aveva nelle nostre orecchie il numero di morti di una campana a morto. Il gomito di Hagen tornò sul mio. Questi non erano tempi favorevoli a battute o sarcasmo.

"Signori, non sono portatore di buone notizie, almeno non molto buone. Ma ti faccio parte di loro proprio perché domani, quando affronterai il nemico, voglio che tu sappia che combatti per qualcosa di più che per una città, un villaggio tra strade in territorio nemico, ma che combatti per patria, per la patria dei nostri padri.

Fece una pausa drammatica. Solo il continuo rombo dal davanti interrompeva il silenzio. Perché lì, nel soggiorno di quella fattoria lussemburghese, avresti potuto sentire lo scricchiolio di un tarlo.

"Miei signori, la sesta armata SS 'Panzer' ha visto rallentare la sua avanzata nelle vicinanze di Krinkelt, e anche se stanno facendo del loro meglio per rompere l'impasse, secondo i miei rapporti non ci sono ancora riusciti. Da parte nostra, gli avamposti della nostra gloriosa Quinta Armata non hanno ancora raggiunto il loro obiettivo di raggiungere Dinant sulla Mosa, anche se non abbiamo dubbi che lo faremo. Ma, signori, affinché il "Generalleutnant" raggiunga il suo obiettivo, dobbiamo prendere questa dannata città che ci si oppone così disperatamente. Non possiamo lasciare dietro di noi un nido di soldati ben armati e ben equipaggiati.

Annuiamo. Questo era in tutte le menti.

Quindi, signori, prendete nota di tutte le mie istruzioni. In assenza di qualche nuovo evento, tutti voi li seguirete fedelmente domani, alle tre del mattino, quando daremo inizio all'attacco frontale.

Si alzò in piedi e piano, piano, ma con voce chiara e precisa, ci diede gli ordini. Quando fu finito, salutammo e ci ritirammo ai nostri posti. Camminavo con Hagen che, nonostante il freddo, fumava una sigaretta a mani nude.

«Domani, dunque, cara, entrerai a Bastogne o morirai», disse all'improvviso.

"" Entreremo o moriremo. "

"Io non.

Mi sono rivolto a lui. I nostri passi risuonavano sulla neve e sulla terra indurita.

"Che dici?

"Che la gloriosa Seconda Divisione, il potente Terzo Reggimento, l'imbattuta Seconda Brigata, dovranno farcela da soli. Non posso aiutarti.

"Sei pazzo!

"Non sono." Ulrico. Mi è stata assegnata un'altra missione. Stanotte devo presentarmi al quartier generale della Model.

Sono rimasto sbalordito.

"Ma, in nome di Dio, cosa farai...?

«È un segreto militare, Ulrich. Ma poiché sai già che i segreti militari sono formulati per essere violati, non mi dispiace dirtelo, perché so che sei un buon amico e un eccellente ufficiale tedesco.

Stavo sorridendo. Superammo le file dei carri, mimetizzati nella foresta, con la prua verso Bastogne, i cui bagliori si vedevano in lontananza, riflessi nei ventri delle nuvole basse. Non nevicava né pioveva, ma faceva molto freddo.

Un soldato suonò lamentosamente l'armonica, e due o tre, accanto a lui, cominciarono a cantare a bassa voce:

"Per den Kaserne, per den Grossen Tor..."

"Stai scherzando. È un altro dei tuoi dannati scherzi. Quale altra missione potresti svolgere meglio di "Katty"?

Accese un'altra sigaretta. Alla luce dell'accendino vidi il suo viso. Non stava sorridendo. Al contrario, sembrava serio, estremamente serio.

«No, Ulrich, non sto scherzando. Dove ho passato tre anni poco prima della guerra?

Mi sono ricordato all'improvviso. Me l'aveva detto una volta. Ha trascorso un po' di tempo, tre anni, negli Stati Uniti. Ma cosa aveva a che fare con...?

"Ulrich" continuò con la stessa serietà ", vecchio compagno, lo stato maggiore vuole far saltare i ponti sulla Mosa. Invierà soldati tedeschi vestiti con uniformi americane a infiltrarsi tra i ranghi alleati, con quella missione. Come capirai, devono parlare perfettamente l'inglese con un accento americano. Sono già uno di quegli uomini.

"L'ho già detto. Ho capito.

"È quasi ora di presentarmi. Ti ho accompagnato qui, ma non sono più. Qui ci separiamo.

"Chi manderà 'Katty'?

"Il tenente Norr.

Lasciò cadere la sigaretta e tese la mano. L'ho scosso. Due soldati, lì nella notte fredda, si stringono le mani. Due amici.

"Addio, compagno.

"No", dissi a gola stretta. "Addio, Dieter.

Si voltò e se ne andò. Ho perso di vista il suo mantello grigio verdastro.

Un buon compagno. Un buon soldato.

Tanti come lui si sono persi in questa guerra... Tanti...

Non deve pensare a lui. Stava per compiere la sua missione e io dovevo compiere la mia. I soldati continuarono a cantare, a bassa voce, impregnati di tristezza e di nostalgia.

«Bi einst, Lili Marlen, bi einst, Lili Marlen...»

Alle tre del mattino siamo saliti in macchina e la brigata è partita. Avanti sempre avanti.

21 dicembre. Mattina presto.

Come ho detto prima, il tempo non è più dalla nostra parte. La prima cosa che vidi quando mi svegliai da un sonno pesante fu che il cielo, che era nebbioso quando mi addormentai, ora era quasi piatto. Ho visto brandelli di nuvole e stelle nel gelido mattino presto.

Tutti i nostri occhi si sono concentrati su quelle stelle con impazienza. Se continuassero a brillare, se il mattino dopo il sole mostrasse la sua faccia gialla tra le nuvole, avremmo subito gli aerei nemici sopra di noi. Sapevamo tutti cosa significava.

Ma in quel momento dovevamo eseguire gli ordini, con stelle o senza stelle, con sole o senza sole.

Il primo attacco brutale e penetrante ci portò a uno dei punti di resistenza più forti del nemico: le difese che gli ingegneri americani avevano montato frettolosamente, ma con fermezza, alla periferia della città.

Mezza brigata riuscì a raggiungerli, combattendo un nemico che si aggrappava disperatamente ad ogni incidente a terra, a ogni fortino, si aggrappava alla terra e alle trincee scavate nella pietraia dal gelo, e lasciava uccidere rispondendo al nostro fuoco loro, ai nostri carri armati con i loro "bazooka", i loro anticarro, i loro cannoni antiaerei, le loro mine, i loro fucili e le loro bombe a mano.

Tra di noi, approfittando del più piccolo divario, la fanteria tedesca, i migliori soldati del mondo dall'egemonia di Sparta, si precipitò in un torrente allagando quei punti che non potevamo raggiungere.

Che battaglia! Che splendida battaglia! Odino sarebbe stato contento dei suoi figli se li avesse visti combattere così, senza dare né ricevere quartiere, restituendo baionetta per baionetta, granata per granata, colpo per colpo, morso per morso.

Ma la mia mano si piega, la mia penna cade. I miei occhi sono invincibilmente chiusi, il mio cuore batte irregolarmente per la stanchezza. Domani continuerò, se domani...

21 dicembre.

Purtroppo non siamo riusciti a raggiungere l'obiettivo che ci ha dato il generale. Non è colpa nostra se non abbiamo avuto successo, né è colpa nostra se siamo rimasti in vita dopo il fallimento. Abbiamo cercato con tutti i mezzi di obbedire a entrambi gli ordini.

Ci siamo lanciati più e più volte contro le difese americane, con raddoppiato coraggio, ma abbiamo sempre incontrato una resistenza fanatica che ci ha costretto a ritirarci. Incredibile, ma devo confessarlo lealmente.

I nostri capi hanno analizzato a fondo la situazione, hanno cercato il punto più debole per infilarci dentro le zeppe d'attacco, ma sembra che un demone avverso si diverta a spezzare tutte le nostre speranze, a violare i nostri desideri più ardenti.

Siamo giunti alle prime case di Bastogne, abbiamo avuto davanti ai nostri occhi ansiosi il quartier generale da cui partono gli ordini che si oppongono all'avanzata tedesca. Inutili. Con la morte nell'anima abbiamo dovuto ritirarci di nuovo, inseguiti dal suo intenso fuoco d'artiglieria che ci schiaccia, ci polverizza.

So che sono stati richiesti rinforzi al quartier generale del Führer, ma quei rinforzi non sono ancora arrivati. I carri sono sempre meno numerosi, giacciono sulle strade e nei boschi a decine, a centinaia, trasformati in montagne di ferro ritorto. I cadaveri coprono le colline con le loro migliaia di corpi congelati. Tutto invano. Invano è questo truce massacro, questa massiccia distruzione.

Non siamo, allora, i prescelti? Devo permettere al dubbio di torcersi nel mio petto tedesco? Dobbiamo vedere come quei bastardi americani, quei traditori inglesi del loro sangue germanico, calpestano il sacro suolo teutonico? No e mille volte no!

Ma...

Le divisioni 'Volkgrenadieren', 'Panzer', entrambe vanto del nostro Esercito, sono esauste. Un corpo si arrende quando il sangue comincia a mancare nelle sue vene, ed è quello che ci sta accadendo in questi giorni amari che così amaramente, ahimè, sono iniziati. Un destino avverso si sta preparando su di noi.

E tutto, perché?

Solo la forza di tre divisioni si oppone al nostro attacco frontale. Ci sono paracadutisti americani, appartenenti alla 101a Divisione, ci sono truppe di fanteria, genieri, artiglieri, ma tutto questo in numero molto inferiore al nostro. Non saremo in grado di fare ora quella che quattro anni fa sarebbe stata una tranquilla passeggiata militare per le nostre armi?

Devo confessarlo, anche se solo a voce bassa e in questo diario che, ora vedo, nessuno dovrebbe leggere dopo, perché quello che poteva essere un clamore di entusiasmo si è trasformato in un gemito di amarezza. Devo, lo ripeto, confessarlo: non possiamo.

Non cadrò nell'attuale scusa di incolpare il tempo, le condizioni meteorologiche, la sfortuna, il nostro fallimento. A voi, quotidianamente, confesso che a volte penso che ci sia stato qualcosa di sbagliato nei piani che sono stati formulati negli uffici di Stato Maggiore. Ma chi sono io, umile Oberstleutnant, per dubitare del chiaro giudizio dei miei superiori? Non hanno nelle loro mani tutti i fili, tutte le informazioni necessarie per coordinare al meglio i piani? Non hanno l'intelligenza, lo studio, l'acume e la scienza militare?

Li hanno, nessuno può dubitarne, ma... cosa è successo poi? Non c'è nessuno che me lo possa spiegare?

Oggi, vent'anni, abbiamo fatto un ultimo tentativo. Riorganizzando le nostre forze un po' disperse dall'ultima battaglia, siamo saliti all'assalto.

Miracolosamente, e mai meglio usata la parola, visto che si può dire che ha partecipato a tutti i combattimenti, le trentatré tonnellate della mia "Tigre" sono ancora intatte, tranne due o tre colpi indiretti. Dimenticavo di dire che comandavo io il reggimento, a causa della morte dell'eroico colonnello Pieck, che cadde valorosamente, colpito da un colpo diretto, sul suo posto di osservazione. Non so se ne uscirò vivo, e non lo desidero molto, perché se la Germania cade, che ne sarà di noi suoi difensori? Che fortuna ci aspetta? Ma molto probabilmente il comando del reggimento, che ora detengo provvisoriamente, diverrà effettivo se il dio delle battaglie deciderà di volgere verso di noi il suo volto benevolo.

Tuttavia, ora non è il momento di pensarci, ma di salvare la Germania. Onori, ricompense, tempo avrà dopo l'arrivo.

Come dicevo, abbiamo fatto uno sforzo disperato. Questo non è capito! Privati di rifornimenti, rinchiusi in un cerchio di fuoco e acciaio, dove trovano il coraggio, le munizioni, i rifornimenti per continuare a resistere? Ci deve essere necessariamente un generale di fronte a noi che non sminuisca il nostro esercito. Non riesco a trovare un'altra spiegazione. Gli americani non sono soldati, come noi, sono persone reclutate frettolosamente in un paese che manca di una storia di guerra e di uno Stato Maggiore condensato da quasi un secolo di scienza militare.

Comunque, questa non è la mia cosa. Ho il mio obiettivo, che è lì, di fronte, in quella città, proprio una città, che sicuramente entrerà negli annali della Storia. A Bastogne.

Il nostro obiettivo principale è un gruppo di fattorie ben fortificato e cementato, in cui i paracadutisti americani resistono, secondo quanto ci informano i prigionieri.

Hanno schierato tre carri armati pesantemente corazzati, e sono quelli che rispondono al nostro fuoco quando riusciamo a tagliare le loro linee avanzate, composte da gruppi di tiratori con "bazooka" e due anticarro.

Ordino a due dei nostri "Tiger" di sparare incessantemente sui carri armati americani, mentre il vero attacco viene da sinistra, con il mio "Kind" in testa. La mia fedele "Tigre" che amo tanto.

Altri tre carri armati mi seguono, e dietro, in mezzo a noi, muovendosi a zig zag per ripararsi, avanzano i granatieri, con le borse ben cariche di bombe a mano.

Separiamo i tronchi degli alberi abbattuti, schiacciamo i cavalli frigi, rotoliamo sui pali di cemento piantati in profondità nel terreno, e aggiriamo i fossati anticarro in cui se cadessimo saremmo inutili come scarafaggi sulle nostre spalle , e finalmente abbiamo davanti a noi. visualizzare l'obiettivo. Miracolosamente, quelle fattorie hanno conservato i loro tetti di ardesia, i loro muri di pietra grigia.

Non per molto, però. Mentre le due "Tigri" continuano il loro duello con i carri armati americani, iniziamo il bombardamento e i fanti si allargano per tagliare il rifornimento alle spalle.

Penso che stiamo per ottenerlo, stiamo per ottenerlo. Urrà!

L'abbiamo raggiunto!

I carri armati americani non possono muoversi, sebbene possano sparare. Sono, in realtà, una corazza con un cannone. Non hanno più in vista.

I granatieri hanno ingaggiato i gruppi di resistenza americani dietro la fattoria. Questa è la mia prima operazione come comandante di reggimento e ho motivo di esserne giustamente orgoglioso.

Ci sono cinque fabbricati agricoli. Dalla prima salva, siamo riusciti a devastarne uno. Il tetto viene fatto saltare in aria, i suoi difensori si precipitano fuori ululando. Attraverso la visiera osservo come bruciano i vestiti di uno di loro, e come si rotola a terra per spegnere il fuoco che lo brucia.

Devono aver notato la nostra manovra, perché uno dei carri armati punta verso di noi la lunga antenna del suo cannone e ci saluta. Per fortuna non ha avuto il tempo di prendere la mira e la sua granata passa sopra la mia torre.

In quel momento, il fuoco delle nostre due "Tigri" distrugge uno dei carri armati americani. L'altro, incapace di muoversi, si difende disperatamente, ma il suo fuoco non può contro i nostri getti convergenti. Scoppia in nuvole nere come l'inchiostro, avvolgendoti in un attimo.

Do l'ordine di attaccare. Troppo tardi noto che i nostri granatieri si stanno ritirando, schizzando le stoppie bagnate grigio-verdastre. Qualcosa deve averli fermati e costretti a ritirarsi in seguito.

Ma, da dove mi trovo, posso essere di scarso aiuto per loro. Quindi andate avanti!

Abbiamo raggiunto i recinti di pietra che delimitano gli edifici, e ormai siamo riusciti ad abbatterne due, riducendoli quasi alle mura. È allora che mi rendo conto di cosa impediva il passaggio dei nostri coraggiosi bambini.

Un gruppo d'assalto americano, soldati vestiti di kaki, con lunghi mantelli, elmetti rotondi in testa e armati fino ai denti, vengono inviati a loro piacimento. Protetto da una barriera composta da sacchi di sabbia, blocchi di cemento e travi in acciaio incrociate.

Se avessimo avuto l'aviazione, questo non sarebbe successo. Ci aveva avvertito in tempo della presenza di quell'ostacolo dietro la fattoria.

Ovviamente, fortunatamente, non hanno nemmeno l'aiuto degli aeroplani. Non vorrei vedere i loro aerosiluranti piombare su di me, agghiaccianti stridii di aria spostata e spruzzarmi con siluri da dieci pollici.

I difensori della fattoria si ritirano allo sbando, abbandonando il loro equipaggiamento, e l'obiettivo resta in nostro potere. Almeno momentaneamente, poiché tra le difese da cui si stavano ritirando i nostri fanti, compaiono le canne di due cannoni anticarro, che iniziano a sparare quasi subito.

Ordino ai carri armati di stare il più lontano possibile da loro, interponendomi tra loro e quelle bocche che mitragliano le mura della fattoria, e riferisco la situazione al comando della divisione.

L'ordine è: resistere a tutti i costi lì. Consolidare posizioni e... resistere.

A cui mi preparo. I miei carri armati rispondono al fuoco anticarro puntando nient'altro che cannoni sopra le mura semidistrutte della fattoria e diretti dagli osservatori di fanteria. Un coraggioso feldwebel, con una radio portatile, guida i colpi, e abbiamo la soddisfazione di vedere le sue difese diminuire a poco a poco.

Devo smettere di scrivere. Mi è stato ordinato di presentarmi al quartier generale il prima possibile, tre chilometri indietro. Do le opportune istruzioni al Comandante Jung, esco dal serbatoio e salgo su una macchinina munita di catene che è utile per casi come questo.

21 dicembre. Più tardi.

Il comando della divisione mi ha fatto l'onore di definire la mia modesta impresa un "obiettivo conquistato" e stanno allestendo una linea di rifornimento per la fattoria. Questo mi riempie di orgoglio perché, anche se ho ottenuto poco, poche come questa possono essere una grande vittoria militare. Sono un granello di sabbia, ma tanti granelli fanno una montagna.

Ma ahimè! Ho sentito anche altre notizie, molto meno piacevoli. I nostri meteorologi ci dicono che il miglioramento del tempo avanza rapidamente e che forse domani saremo ai limiti dell'anticiclone.

Sappiamo tutti cosa significa. Gli aerei alleati saranno in grado di rifornire Bastogne e le loro formazioni si precipiteranno su di noi per affondarci sottoterra con migliaia di tonnellate di bombe.

Il generale ce lo comunica con calma, senza che un solo tratto del suo volto si alteri. Un tale capo comunica coraggio e fede ai suoi uomini, ma non impedisce loro di pensare. E penso che se il tempo si schiarisce, come prevede tutto, la nostra offesa si trasformerà in un disastro.

Ma le cattive notizie non finiscono qui. Gli americani, del sud, del Lussemburgo e della Francia, iniziano a premere sul fianco sinistro della nostra punta di diamante. Allo stesso tempo, da nord, gli inglesi mordono il fianco destro. Se le truppe di quella vecchia volpe di Montgomery, l'unico uomo a cui il maresciallo Rommel ha dovuto chinare la testa, e gli americani del generale di cavalleria Patton si uniscono, ci avranno rinchiusi, come abbiamo rinchiuso Bastogne.

Dopo la conferenza, devo tornare al mio posto di combattimento. Se Dio vuole che alla fine possiamo spezzare la spina dorsale di quella città che ci ha fatto tanto danno.

Il tenente colonnello Ulrich Tagger, del secondo reggimento, seconda divisione della quinta armata "Panzer" della Reichwehr, morì il 21 dicembre 1944, eroico in difesa di un obiettivo assegnato dal comando. Fu insignito postumo della Gran Croce di Ferro di prima classe. Il sottoscritto testimonia così nello stesso diario in cui il grande soldato annotava le sue impressioni.

Riposa in pace.
Firmato:
Hauptmann Gottfried Jung.

SECONDA PARTE

64

A Clervaux gli diedero un'uniforme americana, da soldato semplice, perché in quel modo, gli dissero, poteva passare più inosservato che se ne usasse una da ufficiale, e documentazione falsa, anche se perfetta.

In una stanza piena di mappe, un colonnello indicò punto per punto i loro obiettivi con un puntatore.

"Bisogna memorizzare i luoghi esatti, per raggiungerli senza esitazione" ha spiegato. Devono arrivare ai siti designati esattamente nello stesso momento, anche se seguiranno percorsi diversi. Concediamo loro un periodo di tempo che sarà loro sufficiente.

Fece una pausa.

"Quando arriveranno sul posto ed è tempo, coloro che sono riusciti a passare attraverso le linee nemiche eseguiranno i lavori senza aspettare quelli in ritardo. Quelli che non ci sono riusciti allora, sarà perché sono morti o sono stati fatti prigionieri. Spero che tutti voi abbiate compreso bene le istruzioni.

C'era un consenso generale. La maggior parte di loro erano ufficiali, ma c'erano cinque o sei soldati, scelti per la loro perfetta conoscenza dell'inglese, che sarebbe stata per loro assolutamente necessaria.

Dieter Hagen li guardò. Vide la stessa espressione determinata e ostinata su tutti i volti.

Quanti di questi torneranno? Pensò. Ma questo era qualcosa che non lo preoccupava molto in quel momento.

Si è vestito in uniforme in una stanza, insieme agli uomini che componevano il gruppo in cui doveva esibirsi. Il suo obiettivo era Givet, all'incrocio della strada da Namur a Reims con quella da Wellin a Phillippeville, dove i due si incontrano sulla Mosa. I ponti dovevano essere fatti saltare all'alba del 21.

Le cariche di plastica e i loro detonatori sono stati consegnati loro.

"Se vieni fatto prigioniero, cerca di far volare queste accuse, anche se devi volare con loro", disse loro freddamente il colonnello istruttore. Non vorremmo che cadessero nelle mani del nemico. Non sappiamo ancora se ne conoscano o meno la composizione chimica, ma, nel dubbio, preferiamo che non prendano nessuno di noi.

Annuirono.

Quindi sono scappati in macchina verso un aeroporto in un luogo che Hagen non è riuscito a individuare. Non pioveva né nevicava, ma le nuvole erano molto basse e il freddo era intenso.

Sono stati consegnati loro i paracadute e un sergente di volo ha insegnato loro come indossarli, come saltare quando il pilota ha dato loro il segnale, come cadere per fare il minor danno possibile quando si raggiunge il suolo, come sbarazzarsi del paracadute , piegandolo e seppellendolo nel terreno.

Il colonnello diede loro le ultime istruzioni quando erano già all'interno dell'apparato.

"Sarai rilasciato a intervalli di dieci minuti in un'area che si estende in un triangolo tra Givet, Beauraing e Fumay. Quella zona è occupata dagli americani. Ti mescolerai con loro il meno possibile e, se ti imbatterai in pattuglie, lascerò alla tua intelligenza e all'improvvisazione come toglierti di mezzo. Una cosa devo avvertirvi: gli americani sanno che ci siamo infiltrati dietro le loro linee, perché non è la prima volta che lo facciamo. Nell'impossibilità di scoprirci, quando hanno un sospetto, fanno domande a cui un tedesco fa fatica a rispondere. Sono domande su dettagli a cui solo un americano o un uomo che vive in America da molto tempo può rispondere.

Hagen annuì. Era la risposta logica. È molto difficile per un tedesco o per qualcuno che non ha vissuto "dentro" la vita americana sapere chi è il marito di una star del cinema poco conosciuta all'estero, o di che colore sono dipinte le cassette postali di New York.

Poi il colonnello strinse loro la mano.

"Buona fortuna," ordinò, più di quanto avesse detto.

Ed è uscito. L'elica del piccolo aeroplano girava da tempo, per mantenere caldo il motore. Adesso cominciò a girare vertiginosamente. Un attimo dopo presero il volo.

Nell'aereo c'erano sette uomini oltre al pilota e un caporale di volo.

Hagen li guardò. C'era un tenente colonnello degli ingegneri che comandava il gruppo, e altri di cui non ricordava i gradi.

Per un momento, alla vista dei lineamenti tesi del tenente colonnello, gli venne in mente che avrebbe dovuto dargli un colpetto sulla spalla e dire: «Compagno, lascia a me il comando. Devi rilassarti, perché altrimenti farai qualcosa di sciocco. "

Ma era nell'esercito e questo avrebbe potuto costargli una pistola. Fissò davanti a sé e si rilassò.

L'aereo stava precipitando tra le nuvole. Un silenzio pesante, disturbato solo dal rombo del motore, si allungava all'interno. Nessuno ha parlato. Solo il caporale si sporgeva di tanto in tanto verso il pilota per dire qualcosa a bassa voce.

Dopo un quarto d'ora, il caporale si rivolse a loro:

"Pronto. Il primo deve essere buttato fuori entro tre minuti.

Il primo si avvicinò al portello. La mano del caporale era sulla leva.

«Quando conto tre, signore», disse il caporale.

I minuti passavano. Erano tutti protesi in avanti, come se così respirassero meglio. Solo Hagen si appoggiò allo schienale, la testa appoggiata alla parete dell'aereo.

All'improvviso, la voce del caporale ruppe il silenzio.

"Uno due tre!...

Spalancò la porta e l'altro saltò fuori. Il caporale si rivolse al secondo:

"Voi signore.

La stessa operazione. Hagen era il quarto. Quando fu il suo turno, si lanciò, i piedi uniti, e contò rapidamente fino a tre. Erano già stati avvertiti che l'aereo sarebbe volato basso, anche se ciò significava molta esposizione.

Poi tirò l'anello del paracadute e l'enorme fungo di seta nera si aprì sopra di lui con uno strattone acuto.

Nell'aria gelida, scese lentamente, senza vedere nulla. La prima notizia che si stava avvicinando alla terra fu il sussurro del vento tra le cime degli alberi,

Unì i piedi e cadde sulla spalla destra. Rotolò a terra e si alzò, tirando a sé i nastri del paracadute, poi si fermò per scappare.

A parte il lontano mormorio dal davanti, non ho sentito niente.

Si tolse il paracadute, lo piegò senza inutili movimenti, ma non riuscì a seppellirlo. Il terreno era duro e avrebbe avuto bisogno di una pala. Per fortuna c'erano molte foglie secche, già mezzo marce per la pioggia.

Lo nascose sotto un mucchio di foglie e tirò fuori dalla tasca la bussola fosforescente. Se i calcoli non erano falliti, doveva trovarsi a meno di otto miglia da Givet. Poteva coprirli prima dell'alba. Poi aveva ancora tutta la giornata, fino al mattino dopo, quando doveva unirsi agli altri.

Continuavo a non sentire niente. Lanciando di tanto in tanto uno sguardo alla bussola e all'orologio, si mise in cammino. Il posto era perfettamente ben scelto. Non c'era nessuna strada, tranne alcune strade tra il sito di lancio e Givet. Poiché la linea del fronte distava quasi venti miglia, aveva buone probabilità di non imbattersi in colonne di soldati, bivacchi o convogli di rifornimenti, almeno per quel che restava dell'oscurità.

Il luogo in cui cadde era una foresta di alberi molto distanti. Tuttavia, sorrise al pensiero che avrebbe potuto essere agganciato a qualcuno di loro e continuò così finché una pattuglia o un contadino lo scoprirono.

Stava camminando da un'ora quando, all'improvviso, ha sentito un rumore davanti a sé.

Si lasciò cadere a terra e rimase immobile, in ascolto. Un attimo dopo vide una debole luce, forse una torcia, a una cinquantina di metri da lì. Le voci di diversi uomini raggiunsero le sue orecchie, ma non riuscì a distinguere le parole.

Si avvicinarono. Prese la pistola con la mano destra e strinse con forza il calcio. Il suo polso era fermo, nonostante il fatto che avesse dormito a malapena per diverse notti.

Venticinque metri, forse. Ora ha pronunciato le parole

"... E io le ho detto: guarda, ragazza, se mi fai mettere la mano dentro la tua camicetta, ti dirò se sono false o no, così non avrai bisogno di giurare, che è molto brutto cosa.

Erano americani. Se lo scoprissero, sarebbe inutile dire loro che lo era anche lui. Non aveva motivo di essere lì, e il minimo che gli potesse capitare era di essere portato davanti ai suoi capi. Non era all'altezza, con i suoi carichi di plastica nella borsa.

Alzò la pistola, pronto a sparare.

Sentì il rumore delle foglie gelate, che scricchiolavano al passaggio degli uomini. Poi si è riaccesa la torcia.

"È da questa parte, Chuck," disse un'altra voce.

"No, più a sinistra.

"Guarda, non farci perdere altro tempo. Ti dico che è qui intorno, e io ho un gallone sulla manica, e tu non ne hai.

"Beh, se hai intenzione di abusare dell'autorità...

C'era una risata repressa. Erano quasi su di lui ora. Sentì il suono dei loro respiri e il clangore di metallo su metallo.

Poi sono passati. Le loro voci si perdevano in lontananza.

"... si, ma perché non indovinate cosa mi ha risposto la volpetta? Mi ha detto...

Hagen aspettò ancora quasi cinque minuti. Poi si alzò in piedi e continuò per la sua strada, inciampando sulle radici che spuntavano dal terreno, e sulle pietre.

Era l'alba quando raggiunse la strada. Aveva deciso di farlo perché sarebbe stato molto più facile trovare una spiegazione alla presenza di un soldato solitario su una strada che sul campo.

Passò davanti a una fattoria distrutta mentre le prime luci di un'alba plumbea cominciavano a gettare l'oscurità dalla campagna. Un cane abbaiò furiosamente, ma quello fu l'unico segno di vita che trovò.

Poi i suoi piedi hanno toccato l'asfalto crepato dal passaggio di mezzi pesanti e carri armati.

Il rombo dei fucili di grosso calibro dietro di lui gli fece capire che era nella giusta direzione. Ha cominciato a camminare.

Non era stanco. Sebbene la maggior parte della guerra fosse stata trascorsa in un carro armato, prima dell'inizio delle ostilità era stato un eccellente alpinista. L'unica cosa che gli dava fastidio erano le ore eccessive senza dormire, ma è una cosa a cui prima o poi tutti i combattenti si abituano.

Avrebbe percorso un chilometro quando ha sentito il rumore di un motore alle sue spalle. Ascoltò attentamente. Solo uno.

Rimase vicino al fossato, vicino agli olmi che spesso fiancheggiano le strade francesi, e aspettò.

Una jeep stava sfrecciando, saltando sulle buche. Hagen alzò il braccio e l'autista rallentò al suo fianco. Era un soldatino, bruno e nerboruto.

"Cosa c'è che non va?" Chiese. Poi sembrava indeciso. " Cosa stai facendo qui?

"Vado a Givet", disse Hagen, "credo che le molle della macchina non si rompano se mi lasci salire."

"Beh, certo che no, ma cosa ci fai qui? Di quale unità?

«Del quinto, naturalmente. Senti, se non mi prendi come passeggero, è meglio che lo dica. Devo andare a Givet se non voglio mettermi nei guai sono i parlamentari

"Che unità hai detto?

"Il quinto, sei sordo?

"-No, ma, il quinto, di cosa? Bene, sali. Anch'io ho fretta.

Ha messo in moto la jeep, mentre Hagen lo ha raggiunto.

"Non pensare che di solito io sia un tale interrogativo, ma ci è stato detto che dobbiamo stare attenti. I parlamentari sono molto speciali. Si comportano come se appartenessimo a loro per diritto di conquista. "Fai questo, non fare l'altro, allacciati quella cintura, non è nella tua cucina." Un casino.

"Me lo stai dicendo?" Hagen ringhiò.

"Di dove sei?

"Frisco.

"Buona terra, ma brutta città. Ehi, non arrabbiarti, ma dammi Toledo, Ohio.

"Beh, daglielo.

Hagen stava guardando ai lati della strada. L'autista iniziò a fischiare tra i denti. Poi all'improvviso disse:

"Hai una sigaretta?

« Te lo stavo per chiedere proprio in questo momento. Ho finito ", ha risposto Dieter all'istante.

"Cagna fortunata. Gli ultimi che ho avuto li ho scambiati con alcuni abbracci a una donna belga che puzzava di vacca. Ehi, dai un'occhiata a quello che dico: puzzava esattamente come le mucche dell'Ohio. Non è una coincidenza?

"Sembra che lo sia.

Hagen tirò fuori la mano dalla tasca, armato della pistola, e la mise al fianco del soldato. Lui impallidì e lo fissò con occhi pazzi.

"Ma cosa,..!

"Freno.

"Sei diventato matto,..!

"Freno.

Il soldato si fermò quando vide gli occhi di Hagen.

"Scendere.

"Ma...

Hagen lo ha colpito alla testa con il calcio. Non voleva colpirlo troppo forte; ma il fatto è che il soldato è caduto di lato, con la testa fuori dalla fiancata del veicolo.

Quando Hagen si chinò su di lui, vide che era morto. Si era rotto il cranio.

"Sfortuna", disse piano.

Ha rimosso la documentazione e ha trascinato il corpo fuori dalla vista della strada. Non ci sarebbe voluto molto per scoprirlo, forse, ma per allora potrebbe essere molto lontano.

Il portafoglio del morto è stato tenuto. Una rapida occhiata ai giornali gli disse che era diventato il soldato semplice di seconda classe James Collins del battaglione X Signal.

Si tolse l'insegna che portava in fondo alla spallina, due raggi incrociati, e se la infilò addosso. Se non si fosse imbattuto in alcuni dei compagni di Collins, questo avrebbe potuto funzionare.

Avrebbe percorso altri due chilometri quando ha superato il primo convoglio. La prima notizia che ha avuto è stata di due motociclisti che indossavano dei bracciali con le iniziali MP sulle maniche.

Gli fecero un gesto imperioso di sdraiarsi. Lui obbedì e uno dei poliziotti scese da cavallo. Portava una mitragliatrice appesa alla tracolla.

"Resta ancora lì, ragazzo. Le cose vengono dietro. documenti?

Hagen li tirò fuori e li consegnò. L'uomo li guardò, poi alzò lo sguardo.

"Cosa ci fai qui? A chi hai rubato quella "jeep"?

Hagen si irrigidì, ma la sua conoscenza degli americani non era stata esattamente appresa dai libri. Era il modo in cui il poliziotto parlava con chiunque, sospetto o meno.

"L'ho appena rubato", ha detto. Bene, quando posso passare? Mi aspettano alle dieci.

"Dovranno vincere la guerra senza di te. Attendere qui. Non muoverti, perché una delle cose che arriva lì potrebbe lasciarti appiccicato alla strada come una striscia di carta.

Montarono le moto e proseguirono per la loro strada.

Hagen aspettava. Pochi minuti dopo udì il ruggito.

La terra tremò ei fili del telegrafo risuonarono come corde di violino. I carri armati pesanti si stavano avvicinando.

Erano lì. Percorsero la curva a quaranta miglia orarie, incollati l'uno all'altro, con uno scarto così piccolo che se uno di loro avesse frenato bruscamente si sarebbero infilati da dietro. Erano carri armati pesanti e i loro servitori avevano la testa sporgente dal portello della torre.

Lo guardarono mentre passava e uno di loro fece un cenno con la mano.

Hagen ne contò venti. Dietro di loro, camion carichi di truppe, ricoperti da spessi teloni, sul tetto dei cui baquets era montata una mitragliatrice antiaerea. Settanta di questi sono passati.

Dietro il convoglio arrivarono un altro paio di poliziotti militari. Ha dovuto mostrare la documentazione a un caporale, e gli ha detto che poteva passare.

Arrivò a Givet alle dieci del mattino, dopo aver incontrato un altro convoglio sulla sua strada, questo solo di camion. Prima di raggiungere le prime case, è stato fermato da un altro parlamentare al posto di blocco.

"Usa la strada principale fino al primo segnale" è stato l'ordine che hai ricevuto. "Allora gira a sinistra. Sei stato in prima linea?

Hagen scosse la testa.

"Bene, vai avanti. Se c'è un convoglio, fermati alla prima strada. Non fermarti all'incrocio di "rue" Chanzy. Ci sono alcuni tipi per i quali i cartelli non sembrano essere stati dipinti.

All'ingresso della città vide le prime uniformi francesi. Givet è l'ultima città prima del confine. La "rue" Chanzy è la strada Dinant, e all'incrocio con quella in cui è entrato c'erano anche dei poliziotti.

Ha dovuto lasciare la jeep. Alcuni dei colleghi di Collins potrebbero riconoscerlo, e inoltre, un soldato ambulante potrebbe ricevere meno attenzione di un veicolo.

Le strade erano affollate di soldati e civili. Ha lasciato il veicolo poco prima del Café del Comercio. C'erano così tanti veicoli lì che il suo non avrebbe attirato l'attenzione.

Givet ha due ponti sulla Mesa. Uno di loro è sulla "rue" Oger, una continuazione della strada per la quale era venuto. L'altro, un po' più a nord, attraverso il quale attraversava un ramo ferroviario, posava per tagliare la curva della linea generale da Rochefort a Philippeville.

Camminò finché raggiunse il fiume e attraversò Plaza de la República. Gruppi di soldati americani e francesi, avvolti nei loro mantelli, si precipitarono. Gli olmi allungavano verso il cielo i loro rami sfaldati.

Attraversò la piazza e guardò il fiume che scorreva lentamente alla sua destra. Si appoggiò al parapetto e guardò le fondamenta.

Gli occhi di Hagen si strinsero. Il comando che aveva ordinato di far saltare il ponte doveva sapere che era un'impresa quasi impossibile.

Ci sarebbe voluta una squadra di demolizione e tempo, soprattutto tempo, e sicurezza per portare a termine il lavoro. Come farlo in pochi minuti e nel cuore di una città piena di soldati?

Imprecò sottovoce. Si staccò dalla balaustra e proseguì lungo la riva della Mosa per raggiungere l'altro ponte, al molo di Dervaux. Il ponte della ferrovia era meno difficile perché era di metallo; ma la questione della mancanza di tranquillità restava irrisolta. L'autostrada di Dinant gli passava accanto, e quell'autostrada era continuamente percorsa da camion e veicoli dell'esercito americano. Comunque, tutto questo avrebbe dovuto essere risolto dall'ufficiale di macchina, che era lo specialista.

Imprecò sottovoce. Avevo una fame tremenda. Non mangiava niente da più di dodici ore.

Di fronte a lui c'era il Cafe Mallet, dall'altra parte del molo. Gli si avvicinò ed entrò. Lì, almeno, faceva caldo.

"Cosa sarà, Joe?" Chiese il cameriere. Era un vecchio con la testa calva, che cercava di coprire la sua zona calva con cinque capelli disposti a semicerchio.

Hagen vide che c'erano focaccine sul bancone. Ordinò caffè e molti di loro. Mentre venivano serviti, guardò il cassiere. Era una donna sui trentacinque anni, bellissima, con gli occhi neri e una bocca sensuale.

Al secondo sguardo che le rivolse, le ciglia della donna sbatterono.

"Fa molto freddo, vero?" Chiese con voce sommessa.

"Molto bene, signora," rispose Hagen in francese, con un forte accento americano. "Il caffè è apprezzato.

"Il signore non conosceva questo posto?

«Oh sì, sono venuta una volta, ma Madame non c'era.

La donna stava prendendo il gancio. Hagen si era tolto l'elmo e più che mai era contento di non aver mai seguito la moda tedesca di radersi i capelli ai lati della testa e sulla nuca. Questo lo avrebbe rivelato all'istante agli occhi francesi.

Il cassiere ora stava guardando la sua testa. Poi le avrebbe guardato le mani. Hagen sapeva a memoria ciò che le donne vedevano prima e dopo in lui; Poi, finalmente, lo avrebbe guardato di nuovo negli occhi. L'ha fatto prontamente.

"Vuole bere qualcosa con me, Madame?" Chiese. Gli avevano dato delle banconote americane, un dollaro e cinque dollari, probabilmente contraffatte, quando gli avevano consegnato i vestiti.

«Prenderò volentieri una creme de menthe.

Si servì da solo e si sporse sul bancone di fronte a Hagen. La guardò negli occhi e poi nel seno. Fece una mossa per coprirlo meglio, ma lasciò il gesto a metà.

"Da dove vieni, signore?

Da Toledo, Ohio. Ma non importa, vero?

"No, non importa," ammise lei, sorridendo.

Un poliziotto militare, con il suo manganello e il suo bracciale, è apparso sulla porta.

"Ehi ragazzo, documenti.

Hagen glieli porse, il poliziotto li guardò, guardò il proprietario, le strizzò l'occhio e disse:

«Se fai storie o ti ubriachi, chiamaci, madame. Ce ne libereremo con piacere.

Lui se n'è andata. Hagen fece un gesto.

«Quei dannati non ci lasceranno in pace un momento. Nemmeno quando stiamo bevendo tranquillamente.

Gli versò un bicchiere di brandy.

"È sulla casa", ha detto. È vero. Non appena un paio di ragazzi sono entrati nel caffè, uno di quei tipi odiosi si presenta. E questo è peggio. Mi fa corte e non vuole concorrenza.

Si sporse verso Hagen, offrendogli una porzione maggiore di scollatura.

"Ma per i buoni clienti ho un posto tranquillo dietro di me.

"Temo che ne avrò bisogno", disse Dieter, allungando una mano e posandolo sul braccio di Madame. Niente di meglio per lui in questo momento. Un luogo tranquillo dove trascorrere le ore che ti restano, fino all'arrivo dell'orario stabilito. In quel momento, qualcuno è entrato nel caffè, Hagen si è rivolto al nuovo arrivato.

Andò al bancone. Era un soldato americano, ma solo in uniforme.

In realtà era il tenente colonnello degli ingegneri, l'uomo che comandava il gruppo di Dieter.

I loro occhi si incontrarono solo per un secondo. Poi entrambi girarono la testa, con indifferenza.

"Un brandy" chiese il nuovo arrivato in francese, con un forte accento americano.

"Dai, te lo faccio vedere", disse il proprietario.

"Tuo marito non è qui?" chiese piano Hagen.

Rise, ma senza rispondere. In quel momento, lo stesso parlamentare che era entrato prima, fece capolino dalla testa.

"Dai, ragazzo, documentati", ordinò.

Il tedesco fece un respiro profondo. Tirò fuori il portafoglio con la documentazione che gli era stata fornita e lo consegnò al poliziotto. Lo guardò, lo girò un paio di volte tra le dita, e quando il tedesco allungò la mano per farglielo restituire, lo mise fuori dalla sua portata.

"Non è in regola. Dai, vieni con me e non pensare a fare cose stupide.

Il tedesco non guardò nemmeno Hagen. Appoggiato al bancone, osservava la scena, apparentemente indifferente, ma in realtà teso come una corda di chitarra.

"Ma guarda, agente..." iniziò il tedesco.

"Ho detto vieni. Ma se vuoi che te lo chieda diversamente ... "Alzò il testimone in aria.

Hagen sapeva bene che non doveva intervenire. Se catturassero quest'uomo del loro gruppo, l'esplosione potrebbe ancora essere eseguita, anche se con grande difficoltà; ma se li catturassero entrambi, sarebbe molto più difficile.

"Ci sarà un casino", ha detto il proprietario del caffè. " Venga con me.

Il tedesco si mise la mano in tasca. Fu un gesto veloce, ma il parlamentare fu più veloce di lui. Lasciò cadere il manganello con forza e malizia sul braccio, e l'altro ansimò per il dolore.

"A cosa resisti, eh? Ora vedrai, maiale.

Hagen si preparò al peggio. Se il tenente colonnello fosse riuscito a raggiungere i suoi esplosivi, il caffè sarebbe saltato in aria, e anche lui. Si chiese freddamente se poteva sparare a morte al poliziotto, e si allontanò leggermente dal bancone. Non aveva alcun desiderio di finire volatilizzato.

Ma il poliziotto era addestrato a combattere i soldati che a volte gli resistevano, soprattutto se erano ubriachi.

Colpì di nuovo con il bastone, questa volta sulla testa del tedesco, e il tedesco barcollò. Stava ancora cercando di frugare nelle tasche. Quando il poliziotto alzò di nuovo il testimone, riuscì a estrarre la pistola e fece fuoco.

Il proiettile non ha colpito il poliziotto, ma lo ha fatto infuriare. Molte volte gli avevano resistito, ma non avevano mai tentato di ucciderlo.

Lo colpì di nuovo, violentemente, mentre portava il fischietto alla bocca, e soffiò forte per chiamare i compagni. Il tedesco cadde a terra, curvo, dondolando le gambe.

Hagen si rivolse al proprietario.

"Andiamo", disse. Sta per diventare caldo e non sai mai cosa ti succederà. Riescono sempre a trovarci qualcosa per cui rinchiuderci.

Il poliziotto aveva catturato il tedesco e lo stava trascinando fuori dal caffè, continuando a picchiarlo. Hagen si diceva che non avrebbe mai dimenticato quel viso, rosso, bestiale, mentre il braccio si muoveva come uno stantuffo che colpiva il corpo già inerte.

Il proprietario lo condusse attraverso un retrobottega pieno di cassetti, botti e bottiglie, in una stanzetta alla cui estremità c'era una scala che portava in cima.

In questo c'era la casa. Una barella, una stufa che fa le fusa, ben farcita di carbone; sedie, quadri alle pareti e una finestra con vista sul molo e sul ponte della ferrovia.

"Sarai al sicuro qui, ragazzo" disse. Aspetta un po', ora torno.

Fuori, in strada, si sentivano i fischi e il rombo dei motori. Dalla finestra, Hagen osservò il tenente colonnello che veniva portato via su una jeep della polizia.

Il proprietario ha impiegato quasi un'ora per tornare. Quando lo fece, aveva in mano una bottiglia di brandy e un'altra di creme de menthe.

"Ora possiamo bere quel drink. È stato fatto un bel trambusto, Dio. Quel povero ragazzo... La polizia è la stessa dappertutto. Prima picchiano e poi chiedono. Per questo non valeva la pena che ci avessero liberato. I metodi della Gestapo non erano peggiori di quelli che quel tipo ha usato contro il povero soldato!

Si fermò, guardando intensamente Hagen.

"Avevi i documenti in regola, vero?

«Mi hai visto darli allo stesso poliziotto che ha arrestato quello. Da quel lato non devi preoccuparti.

Sono contento. Comunque, non verranno a cercarti qui.

Hagen allungò la mano, prese la donna e la attirò a sé. Un attimo dopo, le labbra succose e ben dipinte del proprietario furono premute contro le sue. Mentre la baciava, ricordava vagamente Anne Wald, il "borgomaster" di Pronsfield. Ana era un po' più giovane di questa, ma non avrei saputo dire quale delle due si fosse baciata meglio.

A mezzogiorno doveva scendere al caffè per servire gli aperitivi, poiché a quell'ora tutti i marinai in banchina si radunavano al Mallet. Il caffè mantenne il nome del suo proprietario che morì ad Arras durante l'offensiva tedesca nel 1940, lasciando Bernice vedova.

Hagen accese la radio, piano, e ascoltò la stazione degli Alleati, che trasmetteva il notiziario. La difesa di Bastogne continuò, sostenuta ora che il tempo stava migliorando, da ondate di aerei. Bastogne era stato rifornito dall'aria per la prima volta da quando era stato circondato. L'offensiva tedesca potrebbe essere terminata. I russi continuavano ad avanzare, avanzavano anche in Italia. Hagen stava per chiudere la radio quando il suo braccio si fermò di colpo. Ero lì. Diversi tedeschi erano stati catturati che avevano l'intenzione di commettere sabotaggi nelle retrovie alleate. Uno dei prigionieri aveva confessato. Erano in missione per assassinare il generale Eisenhower nel suo quartier generale. Grazie alle sue dichiarazioni, si sperava di catturare coloro che erano rimasti.

Hagen non fece alcun gesto. Chiuse la radio e accese una delle sigarette che Bernice gli aveva lasciato.

Si chiese quale degli uomini che vedeva con lui, in quella stanza a Clervaux, fosse quello che aveva parlato. Il tenente colonnello, forse? Uno dei giovani luogotenenti, spaventato o torturato dalla polizia militare americana?

Diede un'occhiata alla sua borsa sul fianco, che giaceva nell'angolo della stanza. Dentro c'erano abbastanza esplosivi per far saltare in aria la casa, l'intero isolato, ma non per nessuno dei ponti. D'altra parte, solo lui, cosa poteva fare?

Sorrise storto. Poco, evidentemente. Essere ucciso, forse, ma non gli piaceva molto. Morire nell'esecuzione degli ordini che gli erano stati impartiti è stato uno dei tanti incidenti a cui è esposto un ufficiale durante la guerra. Morire solo perché, per un atto di superbia o di stolta arroganza, non si addiceva al suo carattere.

Bene, qualunque cosa fosse, era finita. Prese l'emblema del corpo di segnalazione, o divisione, dalla parte superiore della manica, non lo sapevo, perché gli emblemi americani cambiavano con stupida frequenza, e lo buttava sul fuoco.

Adesso era un soldato che poteva appartenere a una divisione come all'altra.

Non poteva andarsene adesso, perché Bernice lo avrebbe visto attraversare il caffè e fargli domande. Era stata così soddisfatta del suo comportamento che non lo avrebbe lasciato andare senza cercare di trattenerlo, o non conosceva le donne. D'altra parte, non aveva ancora molta fretta.

È arrivata alle due e mezza. Lo abbracciò e lo baciò, chiamandolo il suo "petit cochon americain", e lui ricambiò il bacio con una certa freddezza.

"Devo andare", disse.

"Così presto, « chéri »?

"Certo. Non penseresti che sarei rimasto qui ad aspettare la fine della guerra, vero?

"Chéri" non sarebbe una cattiva idea. Il caffè ha bisogno del braccio di un uomo, un uomo come te. È un buon affare, ma hai bisogno di un capo.

«Ma anche il generale Eisenhower ha bisogno del mio braccio, quindi non litighiamo più.

Ma tornerai?

«Ah, sì, certo. Se non mi portano altrove, mi avrai qui domani per l'aperitivo.

"Poi,..

Lo baciò di nuovo, lasciando una macchia cremisi sulle sue labbra, che poi asciugò con cura.

Alla fine fu libero da quel polpo. Afferrò la sua borsa da campeggio e scese al piano di sotto. C'erano ancora diversi clienti nel caffè, per la maggior parte francesi, che lo guardavano risentiti. Sapevano da dove veniva Ma nessuno di loro ha detto una parola.

Alla fine si ritrovò nella fredda strada. Un sole pallido, il sole che aveva permesso agli alleati di usare i loro aerei un centinaio di chilometri a est, a Bastogne, splendeva nel cielo grigio.

Non esitò un solo istante. Non poteva dirigersi verso est, anche se era la distanza più breve dalle linee tedesche. Ha dovuto fare una deviazione, magari rientrare in Lussemburgo...

"Lussemburgo".

Stava per ridere. C'era qualcuno lì che poteva aiutarlo. Era in pericolo, certo, ma non meno che se fosse stato detenuto lì e legato ai sabotatori. Non lo avrebbero perdonato, ovviamente. Quell'idiota che aveva detto che una delle sue missioni era quella di assassinare il generale in capo dell'esercito alleato li aveva condannati a morte se fossero stati catturati; di questo non aveva dubbi. A proposito, da dove sarebbe venuto? O era solo una delle tante bugie usate dagli alleati nei loro servizi di propaganda? In ogni caso, non aveva alcun desiderio di scoprirlo adesso.

Le strade erano ancora piene di soldati. Non attirò l'attenzione; Ma non voleva nemmeno che un poliziotto militare lo vedesse passare più volte e riconoscesse il suo volto. I soldati bighellonanti, senza essere un elemento raro nelle retrovie, non meritavano l'approvazione dei gendarmi militari.

Per la "rue" de Notre Dame scese rapidamente finché non trovò un incrocio per Oger, la strada per la quale era venuto. Camminava lungo il marciapiede, sotto la protezione della grondaia a strapiombo, con passo svelto, come se lo stessero aspettando da qualche parte. Quando raggiunse il canale, lasciò cadere il sacco, dopo averne tirato fuori tutto ciò che non era l'esplosivo. La borsa affondò immediatamente. Se qualche pinna le fosse inciampato, sarebbe andata all'inferno. In caso contrario, rimarrebbe nella melma in fondo fino a quando non si sfalda.

La "jeep" di Collins era dove l'aveva lasciata. Ci salì e controllò il gas. Il serbatoio era quasi pieno.

"Bene," mormorò. Ora o mai più.

Ha messo la jeep in marcia e ha aspettato. Non doveva farlo a lungo. Dall'incrocio con l'autostrada di Dinant è arrivato un convoglio di camion, in fila. Erano in cinque, ed erano carichissimi, ma non di truppe, poiché attraverso il varco lasciato libero dai teloni posteriori si potevano vedere solo le casse.

Si fermò accanto all'ultimo camion e lo seguì obbediente. All'uscita dalla città il convoglio si fermò al posto di blocco. I parlamentari hanno guardato le carte dei conducenti e hanno fatto un segnale di braccio. Hagen li seguì e nessuno glielo chiese.

Il convoglio proseguiva lungo la strada del secondo ordine, fiancheggiata da cartelli in inglese indicanti che quella era la strada per il Lussemburgo, e in molti casi cartelli misteriosi, che Hagen immaginò corrispondessero alle posizioni delle varie unità.

Alle quattro del pomeriggio passarono per Wellin e alle cinque per Libramont. All'ingresso di ciascuna di queste città c'erano posti di blocco militari, ma tutti li hanno superati senza che nessuno degli ufficiali di polizia militare si chiedesse se quella "jeep" fosse inclusa o meno negli elenchi dei veicoli presentati dagli autisti.

A Neufchateau, Hagen aveva già stretto amicizia con uno dei piloti, un italiano della California che viveva da tempo a Frisco. Quando Dieter gli disse che stava viaggiando con loro perché lo faceva sentire più sicuro e che sarebbe andato in Lussemburgo a trovare il suo colonnello per incontrarlo, il californiano gli disse che poteva andare con loro, perché fortunatamente il ragazzo che comandava il Convoglio non era un ufficiale, ma un sergente, e che il più delle volte era ubriaco, anche se con gli occhi sgranati e seduto sul secchio.

Lo invitò a cena ed entrambi festeggiarono ridendo che il carico che trasportava il convoglio erano vasche da bagno per i WAC dei servizi ausiliari femminili, che non si fidavano delle vasche da bagno europee, o in generale di tutto ciò che aveva visto la luce dell'Europa.

Alle sette del mattino entrarono in Lussemburgo.

Ci era riuscito. Almeno aveva raggiunto la metà dei suoi scopi.

La scuola era situata in via Palatinato, in un grande edificio in mattoni con il tetto di ardesia, e dietro di essa il comune aveva costruito, per gli insegnanti, piccole case circondate da minuscoli giardini.

Dieter Hagen spinse in avanti il casco. Andò in una delle casette, aprì il cancello, attraversò il giardino. Bussò alla porta.

Una voce assonnata gli rispose dopo un momento, chiedendogli cosa volesse a quell'ora. Dieter non rispose e alla fine la porta si aprì di qualche centimetro. Vi apparve un viso roseo, con i capelli biondi che lo incorniciavano. Con un movimento lento e deliberato, Dieter sollevò l'elmo in modo che lei potesse vedere i suoi lineamenti.

Gli occhi della donna si allargarono e poi la bocca.

"Non urlare", ordinò Hagen, mettendo il piede tra la soglia- ". Sono io, ma non urlare.

Spinse leggermente ed entrò. Si appoggiò alla porta, sorridendo.

Ma... Dieter! OH MIO DIO!

Gli occhi della giovane donna guardarono la sua uniforme. Lentamente si portò la mano alla bocca.

"Dieter..." ripeté con voce smorzata.

"Ho bisogno che tu resti per qualche ora" disse il tedesco tendendole la mano "Ne ho bisogno, Gerda. Immagino che non mi deluderai.

Gerda Rosenkrantz era una delle insegnanti della scuola municipale del Lussemburgo. Aveva venticinque anni e aveva un corpo che avrebbe guadagnato molti più soldi in qualsiasi casa di moda. Tuttavia, come aveva assicurato molte volte Dieter, mentre rideva, aveva una vera passione per l'insegnamento. Voleva diventare un professore di storia dell'arte, e ha studiato per questo mentre strappava ragnatele dal cervello di piccoli figli selvaggi di minatori.

"Dieter... cosa ci fai con un'uniforme americana?

"Nascondimi" rispose sorridendo. Gerda, mi tieni qui per molto tempo? Non mangio niente da diversi giorni.

Le prese la mano, la attirò a sé e le premette la bocca sull'orecchio.

«Sei contento di vedere il tuo capitano, Gerda?

La prese tra le braccia e la fece voltare. Poi lo rimise giù.

"Hai qualcosa da mangiare?

Si staccò, guardandolo, non osando nemmeno credere a ciò che vedeva. Durante i cinque mesi che Dieter trascorse in Lussemburgo, con la sua divisione, erano stati amanti. Certo, allora i tedeschi occupavano il Principio, e gli abitanti di esso, senza essere francamente germanofili, almeno non erano molto contrari a loro. Ma ora erano gli americani a occupare il Lussemburgo.

Lo sguardo di Dieter si indurì percettibilmente.

"Stai pensando che questo rappresenti un conflitto per te, non è vero, Gerda? È questo che stai pensando in questo momento?

"No, no, Dieter; ti assicuro di no. Ma... è stata una tale sorpresa vederti apparire, all'improvviso, e vestito con un'uniforme americana...

"Sono venuto solo perché qui ero più vicino alle linee tedesche, alle quali voglio tornare. Sono stato fatto prigioniero e sono scappato. Ma se non puoi aiutarmi...

"Aspetta," lo supplicò, guardandolo con i suoi occhi azzurri. "Aspetta, Dieter, è stata la sorpresa...

All'improvviso lei cadde tra le sue braccia.

"Dieter, quanto mi sei mancato! Non puoi immaginare cosa ho pianto pensando a dove saresti stato per tutto questo tempo!

Le accarezzò i capelli, pensando velocemente. Non poteva restare a lungo in quella casa. Tanto più, fino alla notte, perché prima o poi la sua presenza sarebbe stata scoperta.

"A che ora devi andare a scuola?" Chiese.

"La scuola non funziona. Le lezioni non inizieranno fino al mese prossimo... l'anno prossimo, ovviamente.

«Meglio, Gerda, tutto ciò di cui ho bisogno è un po' di cibo, se ce l'hai, e un po' di informazioni.

- "Ho del cibo", rispose lei. Oh, Dieter, vederti così, così, braccato...! Povero Dieter!

Hagen sorrise. Il corpo della ragazza era incollato al suo. I loro respiri si mescolarono. Lo spinse via e lo guardò.

"Sei bella come sempre, Gerda. Immagino che i funzionari americani te l'abbiano detto molte volte.

"Zitto. Ti preparo qualcosa da mangiare.

Si fermò un attimo.

"Hai intenzione di andartene, ovviamente. Come hai intenzione di farlo?

"Non ho ancora deciso, ma troverò un modo per farlo. Non preoccuparti.

"Forse se potessi prendere dei vestiti civili...

"No. Questi sono molto più sicuri. Devo tornare lì, Gerda, e un civile non potrebbe avvicinarsi alla linea del fronte. Lo fermerebbero subito.

Andò in bagno, si pettinò e si lavò il viso e le mani, mentre Hagen la osservava, appoggiato allo stipite della porta, chiedendosi se fosse stata avventata. Come faceva a sapere cosa stava pensando la ragazza dopo dieci mesi di assenza? I suoi sentimenti non erano cambiati? Dopotutto, c'erano state delle critiche da parte degli altri insegnanti quando l'avevano vista con il bel capitano dei carri armati dell'esercito invasore.

Quindi Gerda preparò un pasto composto da uova, pancetta e patate. Hagen si sedette a tavola e mangiò avidamente.

Quando ebbe finito, gli porse una sigaretta americana già accesa.

"Ci sono molte truppe qui?" chiese Hagen.

"Molti" lei lo guardò brutta, quasi senza battere ciglio. Per un altro uomo, quello sguardo sarebbe stato un po' fastidioso. Era abituato alle donne che lo guardavano in quel modo.

"Americano, immagino?"

«Sì, e un po' di francesi, anche se pochi. Ma...

"Ci sono carri armati?

"Ne abbiamo visti passare tanti, ma non so se saranno in città. Ma, Dieter, non posso darti informazioni. Tu sei..., tu vieni dal nemico.

Hagen sorrise mentre soffiava un pennacchio di fumo verso il soffitto.

«Non ti sto chiedendo segreti militari, Gerda. Solo informazioni generali. Ho bisogno di sapere dove sto andando.

Si appoggiò alla sua spalla. Attraverso la spessa veste di stoffa, gli giunse il calore del suo corpo. La abbracciò forte, con il braccio sinistro.

«Resterò qui fino a stanotte, se non ti dispiace.

"Ti importa... di me, Dieter?

"Ho bisogno di un bagno. Mi sembra che non mi lavo da... secoli.

"Sarai stanco, vero?

Dieter non lo era, ma non l'ha tirata fuori dal suo errore. Una donna fa di tutto per un uomo stanco e affamato, soprattutto se quell'uomo è stato per lei quello che Hagen era stato per Gerda. Non c'era niente di male nel suo presumere di aver bisogno di lei.

"Nessuno saprà che sono qui", ha detto. Non ti comprometterò. Suppongo che tu abbia avuto difficoltà con la direzione della scuola a causa nostra.

Lei scosse la testa.

"Alcuni, ma è successo tutto in fretta. Le persone sono troppo felici perché ci hanno liberato per pensare a tutto questo.

"Liberato da cosa?" Chiese.

"Beh... di te.

"Bah, sei tedesco quanto noi, anche se metti i tuoi cartelli stradali in francese.

Lo baciò affettuosamente. E in quel momento Hagen si rese conto di essere stanco. Era come se tutta la fatica accumulata durante una settimana di tensione nervosa gli fosse improvvisamente crollata addosso. I suoi occhi si stavano chiudendo.

Combatté il torpore, lottando per tenere gli occhi aperti. È stato un lavoro duro per lui farlo.

Gerda se ne accorse e si passò più volte la mano tra i capelli, accentuando il suo sogno. Hagen si alzò in piedi.

"Posso fare una doccia?" Chiese.

Gli sorrise. I suoi occhi erano lucidi di lacrime.

"Perché non dormi un po' prima? Ti addormenterai nella vasca da bagno.

Hagen capì che sarebbe stato così e si lasciò condurre a letto. Faceva ancora caldo per il calore della giovane donna. Si tolse gli stivali e si sdraiò. Un attimo dopo dormiva.

Si svegliò, sorpreso, e guardò l'orologio. Otto. Non aveva dormito più di mezz'ora? Ma quando vide la luce accesa, si rese conto di aver dormito dodici ore di fila. Si alzò. Ero fresco e riposato. La giovane donna entrò. È venuta vestita per la strada e ha portato un pacco in mano.

"Sono uscito un attimo a comprare delle cose da mangiare" disse "-. Hai passato la giornata a dormire.

"Sì.

Ha fatto un bagno, che è durato quasi un'ora. Poi gli ha preparato la cena.

"Resta fino a domani" disse con la bocca vicinissima all'orecchio, a bassa voce. Hagen rise con voce roca e scosse la testa.

"Impossibile. Di giorno sarebbe molto peggio. Sai se Bastogne è caduta?

"No", rispose lei imbronciata. "Non sei riuscita a prenderla. Gli americani dicono che la libereranno nelle prossime ore.

Hagen si alzò e si abbottonò il mantello. Dall'alto guardò il lussemburghese.

Arrivederci, Gerda, e grazie di tutto. Se siamo entrambi ancora vivi, ci rivedremo dopo la fine della guerra.

"Sei odioso", disse attraverso le labbra serrate. "Sei un essere assolutamente odioso, e senza cuore, e senza sentimento...

Hagen la baciò e l'ultima sillaba andò perduta. Gli avvolse le braccia intorno al collo, resistendo a lasciarlo andare. Il più gentilmente possibile, il comandante si liberò.

"Addio, Gerda" ripeté. Per favore, esci e dimmi se passa qualcuno per strada. Lo faccio per te, capisci.

Lei ha obbedito. Girò il viso verso di lui.

"Nessuno.

Lo baciò un'ultima volta e Hagen uscì sulla strada fredda.

La jeep era dove l'aveva lasciata, ma aveva solo benzina per più di qualche decina di chilometri e non riusciva a pensare a fare rifornimento. Beh, sarebbero durati quanto hanno fatto.

Ci salì, diede un'ultima occhiata alla casa della ragazza, si avvolse nell'ombra dell'oscurità, sorrise leggermente e avviò il motore.

Ora è arrivata la parte più pericolosa di tutte. Avvicinati alla parte anteriore.

Supponeva che ci sarebbero stati posti di blocco militari americani all'uscita della città sulla strada che porta a Ettelbrück, quindi prese la strada di Rippig verso il confine tedesco.

C'era anche un controllo in questo. Accanto a lui, diverse dozzine di camion dell'esercito aspettavano le recensioni. Rendendosi conto che sarebbe stato da pazzi tentare di sorpassarlo con il suo veicolo, lo lasciò in una strada deserta a causa del coprifuoco, e si diresse verso uno dei camion, l'ultimo.

Fumava una sigaretta, con calma. Un soldato del servizio di rifornimento gli fece un cenno.

"Dammi fuoco, vuoi?" - chiese. Mentre accendeva la sigaretta, guardò Hagen. "Quanto tempo pensi che abbiamo qui? Sai qualcosa?

"Non più di te.

"Dio, sto gelando. Ho appena bevuto una tazza di caffè, ma sembra che l'abbia buttato per terra, a giudicare da quanto poco effetto abbia su di me. Darei qualsiasi cosa per un drink.

La fila iniziò e l'uomo corse al suo posto, vicino all'autista. Hagen non ci ha nemmeno pensato. Saltando in piedi, salì sul retro del camion e, muovendosi con cautela, scavalcò le scatole finché non fu vicino al secchio. Lì, si è accucciato.

Passò circa un quarto d'ora prima che il camion iniziasse a rotolare lungo l'autostrada, a circa trenta miglia all'ora. Ogni giro delle ruote lo avvicinava alla Mosella o all'Our. Aveva un'irresistibile voglia di fumare, ma non ci riusciva.

Il rumore del camion lo cullava leggermente, nonostante le dodici ore in cui aveva dormito. Si è svegliato all'improvviso, quando la sua testa ha sbattuto contro un cassetto.

Un formidabile ruggito raggiunse le sue orecchie. I carri armati stavano passando sulla strada.

Si spostò sul retro del camion e sbirciò attraverso le traversine del telone. In effetti, enormi masse si incrociarono davanti alla sua vista e vicino, molto vicino, risuonava il ruggito dell'artiglieria. Era a pochi chilometri dal fronte.

Balzò in piedi e si ritrovò sul bordo del carro.

C'erano molti soldati che scendevano dai camion, mentre gli ufficiali correvano da un luogo all'altro dando ordini come impazziti.

"Presto! Sbarazzati di quell'ostacolo! Mettili via!

Hagen si unì a loro, raggiunto da una fila di soldati che cercavano di spingere da parte un camion che aveva guidato entrambe le ruote da un lato in una profonda buca nel fossato. Nel frattempo i carri armati continuavano a passare verso nord. In quel momento, una granata esplose molto vicino a dove si trovava Dieter. Si abbassò automaticamente, e accanto a lui sentì il gemito soffocato di un uomo appena ferito. Poi il ferito urlò all'infinito. Hagen si staccò da loro e nel campo. Gruppi di soldati correvano da una parte all'altra, e al comandante tedesco sembrava che a malapena sapessero cosa fare.

Hagen si unì a uno dei gruppi diretti a nord. Era composto, per quanto ne sapeva, di ingegneri. Tra loro c'erano molti neri.

Mentre camminava dietro di loro, all'orizzonte si accesero diversi bengala. Il gruppo si è fermato, mentre l'ufficiale ha urlato loro di continuare. Sopra di loro udirono il rumore dei motori a reazione.

Un'auto a cingoli si fermò nel campo dietro di loro. Le esplosioni delle bombe suonavano sempre più vicine.

Hagen si chiese se fosse solo un bombardamento o significasse che il fronte era molto vicino, cosa che voleva con tutte le sue forze.

I bagliori continuavano a illuminare la notte con una fredda luce bianca. Nel suo bagliore poteva vedere i volti dei soldati americani, con i tratti tesi, gli occhi spalancati. Era strano vedere gli occhi dei neri, in mezzo ai loro volti scuri.

Una granata cadde molto vicino a loro e tutti si gettarono a terra. Poi una voce cominciò a gridare che i carri armati si stavano avvicinando.

Se si trattava di un'avanzata tedesca, Hagen, nell'oscurità e nel nervosismo del combattimento, non poteva identificarsi con la sua. Cominciò a pensare che fosse stata una cattiva idea non aspettare fino al mattino per cercare di saltare dall'altra parte.

I soldati non si sono tirati indietro. Il loro ufficiale, che quasi sempre marciava davanti a loro, urlò con voce roca che dovevano mettersi in fila. Continuarono, dopo la breve esitazione della bomba.

Dovevano essersi di nuovo avvicinati alla strada, perché sentivano passare di nuovo i pesanti carri armati. Tutto era rumore, confusione e oscurità tranne quando i bagliori scendevano lentamente dal cielo, riempiendo ogni cosa di ombre in movimento.

Hagen si imbatté in un cadavere, probabilmente un cadavere, e continuò, sempre alle calcagna dei soldati. L'intero orizzonte si illuminò con l'esplosione delle granate, come se avesse preso fuoco. È stato combattuto, e non lontano da lì.

Alla fine, dopo quasi un'ora di marcia sbalorditiva, arrivarono in un luogo con bassi steccati di pietra. Li saltarono e si trovarono in quello che sembrava un cortile di una fattoria, dove c'erano più soldati. L'ufficiale che comandava il gruppo si avvicinò a un altro, i cui risvolti erano una foglia di quercia.

«Al tuo comando, comandante», disse l'ufficiale di macchina. Portiamo il filo spinato.

"Accidenti alla mancanza che già fa, e maledetta la mancanza che avevano dato un tale ordine" rispose l'altro urlando, con il viso scomposto. Quello di cui avevamo bisogno erano carri armati e "bazooka", e non credo che voi ragazzi li portiate in un carrello alto due pollici.

"No, signore", rispose l'ufficiale.

"Ci sono carri armati dietro quelle case. No, non puoi vederli finché non spariamo altri razzi, ma il fatto è che ci hanno mitragliato due ore fa. Guarda cosa possono fare con i materiali che portano e cosa trovano lì. Dobbiamo evitare che quei carri armati raggiungano la strada e blocchino i convogli o li rallentino. Non mi capisci, idiota? Muovi le gambe!

"Sì signore. Ragazzi, al lavoro!

Un bagliore esplose nel cielo sopra di loro, e lui scese sul suo piccolo paracadute, illuminando tutto. Hagen guardò avanti per un momento.

Questa fattoria non era isolata, ma faceva parte di un gruppo di esse. Dietro l'ultimo vide i cannoni familiari di due o tre "Tigri" che si muovevano lentamente verso sinistra. Poi hanno iniziato a sparare e lui è caduto a terra.

I colpi delle "Tigri" hanno colpito due volte la fattoria, i cui muri erano ancora in piedi, trapassandoli come se fossero fatti di fango. Un'acre nuvola di polvere e gesso lo fece tossire.

"Ferma quei carri armati!" gridò l'ufficiale foglia di quercia. Fermateli!

Ma a quanto pare non c'erano anticarro, né "bazooka". L'ufficiale fece un cenno e un soldato, armato di una radio portatile, si precipitò da lui. L'ufficiale iniziò a chiamare con insistenza, mentre imprecava. Chiamò XV 34, e quando finalmente gli risposero, disse che in mezzo c'erano diversi carri armati tedeschi, che se si fossero dimenticati che lo dicevano da due ore, e che il colonnello sarebbe venuto di persona a toccare i cannoni dei carri armati tedeschi se ne dubitava.

Hagen sorrise. Si era reso conto che i carri armati non stavano cercando di attaccare frontalmente la fattoria, ma stavano aspettando qualcosa, forse dei rinforzi, perché quello che stavano facendo era camminare avanti e indietro, mentre sparavano, quando in realtà non sarebbe stato molto lavoro. spazzare gli edifici.

Capì cosa doveva fare e lo fece senza perdere un minuto.

Poiché nessuno lo notò, né si aspettava che facesse qualcosa, si allontanò, proteggendosi con uno degli angoli delle pareti.

Lo piegò e si trovò davanti alla fattoria. Rimase fermo per un momento, mentre il razzo si spegneva, e udì i proiettili dei carri armati passare sopra di loro, agitando l'aria con strilli sinistri. Ascoltandoli gli fece capire che i carri armati non stavano sparando alla fattoria ora, ma avevano alzato l'angolo di fuoco, per sparare "dietro".

Questo poteva significare solo una cosa: le forze di fanteria si stavano avvicinando

Se lo prendessero lì, in uniforme americana, sarebbe inutile gridare che era un comandante tedesco. Gli avrebbero infilato una baionetta nel corpo e avrebbero continuato la loro avanzata. Quindi fece l'unica cosa che poteva fare in quel momento: cadere a terra e rimanere completamente immobile.

Che non si sbagliasse fu dimostrato dal fatto che per un momento non si riaccesero i bengala. L'ufficiale con la foglia di quercia sul risvolto doveva averlo notato anche lui, perché lo sentiva urlare dietro di sé, chiamare le luci e ordinare ai suoi uomini di stare attenti, che quella era una trappola sanguinosa.

C'era un'attesa tesa. Quasi cinque minuti.

E all'improvviso, guardando sotto la visiera dell'elmo, senza alzare la testa da terra, vide apparire davanti a lui un fagotto che saltava oltre i muri della fattoria. Un altro, altri due, cinque, dieci, lo seguirono.

Erano protesi in avanti, i fucili in mano, ma Hagen riusciva già a distinguere i loro elmetti quadrati. Tedeschi, erano tedeschi.

Non si è mosso. Il primo fuciliere lo superò, camminando come un lupo, e si avvicinò all'angolo del muro. Altri due, portando tra loro quello che doveva essere un mortaio. Lo piazzarono in un attimo, mentre il posto si riempiva di soldati, e lanciarono il primo proiettile.

Hagen rimase immobile. Ascoltò il rumore che gli americani facevano dietro di lui. Aveva accanto un soldato tedesco, così vicino che poteva sentire l'odore acre dei suoi vestiti, bagnati e sudati. Era un fuciliere che stava fermo quasi quanto lui.

Allora i soldati avanzarono, non badando più a nascondere la loro presenza. Ma altri li seguirono e, allo stesso tempo, i carri armati iniziarono a muoversi.

Sentì le voci autoritarie di un ufficiale tedesco che gridava ai soldati di circondare l'edificio e il crepitio dei fucilieri e delle mitragliatrici.

Rischiava di alzare leggermente la testa. Passarono i fanti tedeschi, schiacciando tutto con gli stivali. I carri armati avevano diretto la loro marcia a sinistra e uno di loro stava lanciando proiettili su proiettili contro gli americani.

Fu in quel momento che rischiò di mettersi a sedere, aspettandosi di sentire l'acciaio tra le costole da un momento all'altro. Ma aveva visto luccicare le spalline bianche di un ufficiale, con le unghie d'oro.

"Capitano!" Lui ha chiamato.

L'ufficiale non lo ha sentito e Hagen ha ripetuto la chiamata. L'altro si voltò verso di lui e gli puntò immediatamente la pistola.

" Non sparare! Maggiore Hagen dai carri armati in missione speciale!

L'ufficiale sparò e il proiettile si conficcò vicino alla testa di Hagen, grazie al fatto che Hagen si era mosso velocemente.

"Non sparare! Sono tedesco! Il maggiore Hagen dai carri armati!

L'ufficiale] continuava a indicarlo. Poi abbaiò un ordine veloce, e due soldati stavano accanto ad Hagen, con le baionette a due centimetri dal suo naso.

"Riportalo indietro.

Hagen si alzò lentamente. Una nuova ondata di soldati è apparsa oltre il recinto. Gli spari sembravano più distanti. Devono aver finito i difensori della fattoria ormai.

Con le baionette che lo colpivano, Hagen si diresse verso il recinto. T] capitano si era avvicinato. I suoi occhi cercarono freddamente Dieter.

"Cosa stai dicendo, cane?" Chiese.

Hagen ha messo le mani sul casco ed è stato subito perforato nei reni.

"Voglio solo toglierlo", ha detto. Sono il maggiore Hagen, in missione speciale dietro le linee nemiche. Se c'è qualche ufficiale superiore tra di voi...

"Io sono abbastanza per quello che deve essere fatto con te. Dai, ragazzi, riprendetelo. E se prova a scappare e tu lo uccidi, non sarò io a lamentarmi. Torna con lui!

Arrivò un ufficiale con spalline intrecciate e un chiodo d'oro. Aveva perso il casco o se l'era tolto ei capelli biondi pendevano per aria.

"Cosa ci fai qui, Borst? -" chiese al capitano. Perché non resti con i tuoi uomini?

"Quell'americano dice di essere tedesco.

"Sono il maggiore Hagen, tenente colonnello" ripeté Dieter per la terza volta. Seconda Brigata, Terzo Reggimento, Seconda Divisione del Maggiore Generale Schlechter, Quinta Armata "Panzer" ... "Generalleulnanl" Von Manteuffel.

Il tenente colonnello lo ascoltava con gli occhi fissi su di lui. Era molto giovane.

"Portalo.

Lo condussero nelle retrovie. Uno dei carri armati era fermo e la testa del suo capo spuntava dal portello. Un bagliore spettrale illuminò i suoi lineamenti.

"Tenente! Ascolti quest'uomo...!

Non poteva finire. L'uomo che sbirciava dal portello fissò Hagen.

"Capitano!" Egli ha esclamato.

"Maggiore" rispose Hagen sorridendo.

"Lo conosci?" Chiese il tenente colonnello di fanteria.

«Sì, tenente colonnello. È il tipo... è il maggiore Hagen, della Seconda Divisione.

Il tenente colonnello sorrise.

Che fulmini e tuoni ci facevi lì, in uniforme americana?

«Servizio speciale, signore. Devo vedere i miei superiori immediatamente.

"Va tutto bene. Lo farò riportare indietro. Ma le linee sono molto confuse. L'anteriore mi sembra molto fluido.

Tese la mano e la strinse. Poi corse dietro ai suoi uomini.

Hagen continuò a camminare. Per suo diletto sarebbe salito alla "Tigre" da cui lo salutò il tenente della petroliera, ma prima doveva andare a fare rapporto. Maledetti rapporti, cinquanta volte maledetti, soprattutto quando devono annunciare cattive notizie.

"Hai una scimmia?" Chiese al tenente. Non posso passare attraverso i nostri ranghi con questi vestiti.

Sotto lo sguardo dei due soldati che lo avevano sorvegliato, e quello del tenente, si tolse il mantello, la tunica ei pantaloni color cachi e, tremando nella notte fredda, indossò la tuta. Uno dei soldati gli porse un mantello.

"Andiamo", disse Hagen.

Guardò dietro di sé un'ultima volta, in avanti. Un leggero tic gli contrasse la guancia destra. Dopo tutto quello che aveva visto nella retroguardia alleata, sapeva che questa offensiva tedesca sarebbe stata probabilmente l'ultimo colpo della Reichwehr. L'ultimo.

Non era possibile. C'erano troppi uomini, troppi carri armati, troppa artiglieria, troppo di tutto. Gli bastava guardare questi soldati che lo circondavano, magri, come falchi, emaciati, che solo il patriottismo, volere, sosteneva, e paragonati a quegli altri soldati robusti e ben pasciuti...

Sì, sarebbe una delle ultime offensive tedesche, se non fosse l'ultima.

Poi, con passo deciso, si diresse alla macchina in attesa.

FINE

98